TAKE
SHOBO

償いは蜜の味

S系パイロットの淫らなおしおき

御堂志生

ILLUSTRATION
小島ちな

蜜夢
MITSU
YUME

償いは蜜の味
S系パイロットの淫らなおしおき

CONTENTS

MITSU YUME

イラスト／小島ちな

償《つぐな》いは蜜の味

S系パイロットの淫らなおしおき

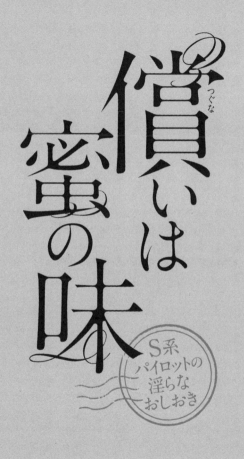

プロローグ

「お姉ちゃん……あたし、妊娠したかもしれない。どうしよう……」

松前美夏《まつまえみか》は八歳年下の妹、小春《こはる》の口から飛び出したとんでもない相談に絶句した。

八月初旬、平日とはいえ幸福屋デパートの空港ショップはそれなりに忙しい。夏休みということもあり、パック旅行に出発する学生や、ひと足早く大都市から田舎に戻ってきた家族連れなど、様々な利用客が途切れることなく訪れる。

美夏は今年の春、〝O空港幸福屋ショップ〟の店長に抜擢《ばってき》された。ギリギリ二十代、短大卒にしては早い出世だろう。

O市の中心部から北西に位置する空港まで車で約三十分。市の南東部に家族と住む美夏は、その倍近くの時間をかけて軽自動車で通勤している。

幸福屋《こうふくや》デパート本店は繁華街の真ん中にあり、本店に勤務していたときは、小春もしょっちゅう顔を見せていた。だが、空港ショップ勤務になってからはまだ二回目。

お昼の休憩時間に突然やってきたので、どんな頼みごとがあるのだろうと思ったら、まさかこんな理由とは……。

「小春っ！　あんたはまだ大学生なのよ？　それなのに、なんてことを」

「ごめんなさい！　でも、こんなことになるとは思わなかったの。ごめん、ごめんな、さい。でも、お姉ちゃんにまで……見放されたら、あたし……」

「見放したりするわけないじゃない！　それで、相手の人は？　ひょっとして、相手も大学生なの？」

美夏の質問に小春は力なく首を横に振った。

「じゃあ、いったい……」

「怒らないでね。相手の人……パイロットなの」

「なっ⁉」

妹の口から『パイロット』と聞いた瞬間、美夏は怒鳴ろうとした。

だが、小春の泣き顔にグッと我慢する。

「あたしが中学生のころ、お姉ちゃんはパイロットの人と付き合ってたでしょう？　ずっと羨ましかったんだ。だから、出会ってすぐだったけど……つい」

つい、求められるまま身体を許してしまった。ところが、妊娠のことを伝えたとたん、連絡が取れなくなってしまったという。

小春は「初めての人だったの」と付け足した。

言いたいことならたくさんある。たしかに小春が中学生のころ、美夏はパイロットと交際していた。だが、小春が高校生のときには別れてしまった。

当時の美夏がどれほど落ち込んでいたか、小春も覚えているはずだ。

せめてこんなことになる前に――パイロットと知り合った、交際しようと思う、とひと言相談しておいてくれたら……。

（ああいう連中には気をつけなきゃいけないって、教えてあげられたのに）

美夏は心の中で悔やむが、今さら……だった。

「わかったわ。相手と話し合いができるように、お姉ちゃんがなんとかするから……。とにかく、お父さんやお母さんにはばれないようにするのよ。ふたりとも、あんたはまだまだ子供だって思ってるの。何より、心臓の悪いお母さんにショックを与えたらダメ。いいわね？」

美夏の言葉に、小春は何度もうなずいている。

「うん。お姉ちゃんの言うとおりにする」

「それで、相手の人はどこの会社なの？　名前は？」

「会社はＢＮＡで……」

ＢＮＡ――大日本航空（Big Nippon Airlines）の略称だ。

美夏の元カレとは違う。

だが別の意味で、美夏は胸がドキッとした。

「か……神谷瞬《かみやしゅん》さんっていうの」

トクン、トクンと鼓動が速くなる。

それは、まさかここで聞くとは思わなかった名前……いや、聞きたくなかった名前だった。

「主に国内線に乗ってて、週に何回かこのＯ空港に飛んでくるって言ってた。お姉ちゃん、彼の名前、聞いたことない？」

「ごめん、わからないわ……」

美夏はとっさに嘘《うそ》をついていた。

「そう……だよね」

落ち込んだ声を出す小春に、美夏は一旦背中を向け、深く息を吸って呼吸を整える。

「でも、ＢＮＡの便なら、そろそろ到着するんじゃないかしら。その神谷さんかどうかはわからないけど、同じ会社の乗務員に聞けばきっと何かわかると思うわ」

そう言うと、小春はとたんにホッとした顔に変わった。

そのあとは、何度も『お父さんやお母さんにはばれないように』と念を押し、美夏は妹を二階の下りエスカレーター乗り口から見送る。

（どうしよう……まさか小春が妊娠なんて。しかも、その相手が……）

妹に見せた落ちついた顔とは違い、美夏の心の中は嵐のあとのように乱れていた。

第一章　あやまちに濡れる指先

今から約十年前、美夏が短大の二年生のとき、友だちから合コンに誘われた。

『航空会社にパイロットとして採用の決まった人がいてね。その人から美夏を呼んで欲しいって頼まれたの』

その言葉に心が動き、参加したのが……最低な元カレとの出会いのきっかけだった。

元カレ、福田武司《ふくだたけし》は当時、O市にある国立大学の四年生。

美夏は客室乗務員になりたくて春に採用試験を受けたものの、すべて玉砕。夢をあきらめた美夏の目に、夢を叶《かな》えた武司は眩《まぶ》しい存在に映った。

しかも、日本国内の航空会社の自社養成パイロットに採用される確率は、百倍以上の狭き門だという。

それを突破した男性に名指しで呼び出され、合コンの帰り、すぐに交際を申し込まれたのだ。

十九歳だった美夏は初めての恋に浮かれて、深く考えずに交際をOKしてしまっても無理はない。

だが、卒業すれば彼は東京に、美夏は地元の企業に就職が決まっていた。しかも、訓練の続く数年間はろくに会うことはおろか、連絡も取れなくなる。

ふたりの交際は長く続かないだろう、と美夏は半分以上あきらめていた。

ところが、予想外にも武司との交際は丸五年続いた。そのうちの四年半が遠距離恋愛ではあったが。

初めて制服姿の武司を見たときのドキドキは今でも忘れられない。

武司の容姿が、平均よりはカッコいい、くらいに思っていたのが、とびきりカッコいい、に変わった瞬間だ。

友だちからは『制服に騙《だま》されちゃダメだよ』と言われたが……。

美夏は、ひな鳥が親のあとをついて回るように、彼しか見えなくなった。

彼の顔を見られるだけで嬉《うれ》しくて、デートの行き先も尋ねず、文句も言わず、武司に命じられるままになる。そんな彼との関係は、しだいに慌ただしいセックスだけの繋《つな》がりに変わっていく。

『忙しいのに時間を作って会ってやってるんだ』

少しでも不満を言うと彼はすぐにそう言い返し、次には別れを口にする。

別れたくない美夏は文句を言えなくなり、しだいに、彼の言いなりとなっていった。

そのうちに、東京の彼のマンションまで呼ばれることはほとんどなくなった。国内線で

O空港にきたときや、近くの空港にステイのときだけ呼び出されるようになる。

そんなとき、彼は決まって制服姿のまま美夏を抱いた。

最初はそれが嫌で、美夏はなるべく彼の制服を脱がそうとしたのだが……。

『おまえ、パイロットの制服が好きなんだろう？　いやらしい顔をして、自分の手で脱がせたいくせに』

そんな武司の言葉に、美夏は自分の中に眠る欲求に気づいてしまったのだ。

厳しい採用基準をクリアした知的な職業の代名詞ともいうべきパイロット。その制服を自分の手で乱していく行為が、背徳的な悦びに繋がることを――。

当時の美夏には、それが危険な快楽だと気づけるはずもない。

『美夏ってさ、乱暴にされるのが好きだよなぁ』

『人に見られるかもしれない危ない場所でないと、感じない女なんだよ、おまえは』

そんな言葉で煽《あお》られ、強引なセックスを強要されても、受け入れることが悦びに繋がると信じて疑わなかった。

自分は愛されているのだから、と。

武司のほうから美夏を見初め、交際を申し込んできたのだ。それだけではない。武司の母親と顔を合わせて、挨拶をしたこともある。ただ、お互いが学生のときなので『正式なご挨拶』というわけではないが……。

なんにせよ、何年も付き合っているのだから、美夏が二十代のうちに結婚を申し込んでくれるに決まっている。

そんな思い込みから……美夏は深く考えず、武司とのセックスに溺れていった。

ところが五年前、いきなり武司から別れを切り出された。

『おまえとはもう会わない。二度と連絡しないでくれよ。……カノジョに子供ができたんだ。責任取って結婚する』

一瞬、自分の耳がおかしくなったのかと思った。

『浮気相手を妊娠させたっていうの？　わたしたち、五年も付き合ってきたのよ。それなのに……あんまりだわ』

『浮気？　何言ってるんだよ。あっちが本命のカノジョ。おまえは本命のいないときの繋ぎ？　ああ、そうだ、地元に戻ったときの現地妻ってヤツかな』

武司はそう言って笑った。

＊＊＊

（せっかく忘れかけてたのに……）

小春から元カレのことを言われ、武司からされた様々な仕打ちが、美夏の中にフラッシュバックのように甦《よみがえ》った。

四ヶ月前、空港ショップの勤務になったとき、美夏は会社を辞めようかと悩んだ。

（だって、パイロットの制服って、どこの会社もそっくりなんだもの）

その制服を見るだけで、武司にされた仕打ちが浮かんでくる。

嫌悪感に吐き気すら催し、克服するのは大変だった。制服を見ても冷静でいられるようになったのは最近だ。

少しして、美夏は昼食もまだだったことに気づいた。

だが、とてもそんな気分にはなれない。送迎デッキに上がり、外を眺めて少し頭を冷やしてこよう。そう考え、ふいに顔を上げた瞬間――。

視線の先にひとりの男性を見つけ、美夏の目は釘《くぎ》づけになった。

美夏の目に飛び込んできたのは、関係者用のゲートを抜け、一般通路を歩いてくるBNAの制服を着た一団だった。

客室乗務員の女性たちを引き連れるようにして、先頭を歩いているふたりの男性がパイロットだ。

ふたりともフライトバッグを手に、白いパイロットシャツを着ている。

そのうちのひとりが——肩章にゴールドの三本線を輝かせ、ひさしに刺繍《ししゅう》のほどこされていない制帽をかぶり、濃紺のズボンを穿《は》いている——副操縦士だった。

(パイロットっていっても、女をもてあそぶような悪い人ばかりじゃない。やっと、そう思えるようになったのに……。まさか〝彼〟も、そんな人だったなんて……許せない)

美夏は、目の前を通り過ぎていく副操縦士の男性を睨《にら》みつける。

しだいに、込み上げてくる怒りに背中を押されるようにして、彼らの前に飛び出していた。

「BNAの神谷瞬さんですね?」

我ながら、ずいぶんヒステリックな声だったと思う。

どうしても冷静になれず、噛《か》みつくように呼び止めていた。

あらためて見ると、一六四センチの美夏が三センチのヒールを履いても、見上げるくらいに背が高い。瞬の容姿を簡単に言い表すなら、精悍《せいかん》な顔立ちをしたクールでストイックな印象の男性、だった。

（中身もそうだって思ってたのに……。この人の本性も、ストイックとはほど遠いなんて！）

美夏がそんなことを考えたとき、彼の頬がわずかに歪《ゆが》んだ。

それは、あきらかに笑いを堪えたような表情で……美夏は馬鹿にされた気がして頭に血が上り、全身がカッと熱くなった。

「はい。神谷は私ですが……あなたはたしか」

彼の返事を最後まで聞くことができず……次の瞬間、二階フロアにパシンッという小気味よい音が響き渡った。

「パイロットの肩書きで女を騙して、妊娠させて捨てるなんて最低だわ！　ちゃんと責任は取ってもらいます。このまま逃げられるとは思わないで！」

どれくらいの時間が過ぎたのだろう？

美夏がハッとして我に返ったとき、周囲には不気味な沈黙が広がっていた。こんなふうに言うつもりではなかった。松前小春の件で、と彼を呼び出し、冷静に話をしようと思っていたのに。

沈黙のあとは、周囲の人々の間に、ひそひそとささやく声が波紋を描くように広がっていった。

当然ながら、騒ぎの大元である美夏に対して、好奇の視線が矢のように降り注いでいる。ひょっとしたら、自分はとんでもないことをしてしまったのかもしれない。こんな騒ぎを起こしたことが本社にばれたら……。よくて降格、下手をすれば解雇の可能性も考えられる。

美夏が回れ右をして逃げ出したくなったとき――。

「神谷くん、君はO市が地元だったな。それを理由に、よくフライトを希望していたことは知っている。だが、まさかこういう女性がいたとは……」

口を開いたのは瞬と並んで歩いていた中年男性だ。

肩章のゴールドは四本線。中年男性は間違いなく瞬の上司、機長だろう。

「どうやら、君のことを過大評価していたようだ。例の話はなかったことにしてもらうぞ。

それから、機長への昇進試験の件も取り消す。私生活に問題のある人間を推薦するわけにはいかない！」

機長の言葉に、背後にいた客室乗務員の女性たちがざわめいた。

瞬のような男なら女を——美夏を悪者にして、見苦しい言い訳をするに違いない。そのときはなんと言い返せばいいのだろう。

美夏がいろいろと考え始めたとき、瞬は別の意味で彼女の予想を軽く裏切った。

「はい。ご期待に添えず、申し訳ありませんでした」

言うなり、彼は静かに頭を下げた。それはあまりにも潔い態度で、美夏は困惑を露わにして瞬をみつめる。

機長はそんな瞬に一瞥《いちべつ》もくれず、さっと身を翻して歩いていってしまう。

客室乗務員の女性たちは、ほんの少し迷った様子を見せたものの、機長のあとを追いかけていった。

瞬はどうするつもりだろう。そんなことも気になり、美夏は彼のことをみつめ続ける。

すると、彼がチラッと美夏のほうを見た。

目が合った瞬間、彼はフッと不敵な笑みを浮かべたのだ。

（な……何？　今、笑ったような……気のせい？）

美夏は混乱しつつも、彼に理由を尋ねようとしたとき――。

「お姉ちゃん！　もう、お姉ちゃんたら、何してるのよっ⁉」

帰ったと思っていた小春の声が後ろから聞こえてきて、美夏はドキッとして振り返る。

「そ、それは……だから……早めに話をつけたほうがいいでしょ？　とにかく、お姉ちゃんが話をするから、あんたは帰ってなさい」

「……話って……誰と？」

小春はきょとんとした顔で見ている。

「何言ってるのよ！　あんたを騙《だま》したこの男と……」

「このって、あたし、この人知らないけど」

「馬鹿なこと言わないで！　ＢＮＡのパイロットで神谷瞬さんっていったら、この人じゃない！」

「そんなこと言っても……あたしの知ってる瞬さんは、この人じゃないんだもの！」

姉の真似をして栗《くり》色に染めた髪を揺らし、小春は泣くように叫ぶ。

（それって、いったいどういうこと？）

美夏も驚いていたが、小春はそれ以上だろう。

自分が恋人と思っている男性、しかもお腹の子供の父親であるはずの〝神谷瞬〟が、まるっきり別人だとしたら……。

小春は姉の腕に縋《すが》ったまま、何も言わずにポロポロと涙をこぼし始める。美夏も何を言っていいのかわからず、指一本動かせずにいた。

そのとき、

「失礼。ラウンジをひとつ空けてもらったので、そこに移動して話しましょう」

携帯電話を仕舞いつつ、妙に冷静な声でそう言ったのは瞬だった。

＊＊＊

妹の口から瞬の名前を聞いたとき、美夏の胸に説明できない悔しさと怒りが広がった。

二度とパイロットには近づかない、そう心に決めていたのに……。空港ショップの店長になってすぐに、その決意を危うくするパイロットと出会ってしまった。

それがこの神谷瞬だった。

彼はもともと、この空港へのフライトは多いほうだったという。

だがこの四月以降、どうしたことか空港ショップの利用が大幅に増えた。春に移動してきたばかりの美夏が、ゴールデンウィークを過ぎたころには顔や名前を覚えてしまうほどだった。

彼は毎回、実にいろいろなものを購入していく。日用品や下着類から雑誌、DVD、そしてなぜか、お土産用の地元銘菓〝きび団子〟まで。

ホテルに泊まるなら必要なさそうな日用品や、毎回購入する〝きび団子〟に美夏は首を捻っていた。

あるとき、レジで少し話すことができて美夏が尋ねると、

『実家が市内にあるんです。〝きび団子〟は母が好物なんですよ。それと、お恥ずかしい話なんですが、独り者で洗濯が面倒なんで……。つい、ステイ先での下着や靴下は使い捨てにしてしまって』

黙っているときのクールなイメージとは違い、口を開くと言葉遣いはソフトで親しみやすい。おまけに、母親思いで独身ということもわかった。

彼が頻繁に来店するため、そのうち、何年も勤める既婚のパート社員たちも瞬のことを口にするようになる。

『目当ては店長さんよ！　だって、こんなに店に寄ってくれるようになったのって四月か

らだもの』

『たしか……ＢＮＡの神谷さんだっけ？　ほらほら玉の輿《こし》のチャンスよ。店長さん、頑張って！』

まさか、パイロットには以前騙されたことがあるから、もうこりごりです、とは言えない。

それだけではなく、瞬が武司と同じ種類の人間だとは思いたくなかった。

七月になり、本店で働いていたときの仲のよい同僚、菅原祥子《すがわらしょうこ》が空港ショップに配置転換されてきた。

祥子は美夏と同じ二十九歳。彼女は中途採用組なので、美夏より四年後輩に当たる。だが気が合ったため、祥子が入社したときから仲よくしてきた。

彼女には、武司との経緯も詳しく話してある。

『パイロットと縁があるんじゃない？　元カレなんて忘れて、再チャレンジよ。再チャレンジ!!』

などと気楽に美夏を焚《た》きつける。

祥子はバツイチだった。大学卒業時に就職しなかったのは、学生結婚したことが原因だという。若さに任せて勢いでゴールインしたものの、結婚生活は一年も持たなかったらしい。

『何もかも、初めての男と結婚したのが間違いだったのよ。もっといろいろ試して、いろんな男と付き合って、次の結婚は三十五を過ぎてからで充分！』

酔うと毎回そんな宣言を始める。

実を言えば、美夏も彼女の紹介でふたりの男性と付き合った。

ひとりは普通の会社員。しかし、スーツ姿の男性には今ひとつときめかず……。

次が、祥子が制服だからとチョイスしてくれた警察官。付き合って初めて、警察官は制服を自宅に持ち帰り、自分で洗濯していることを知った。

彼は美夏が元カレに酷い扱いをされたことを聞き、制服姿で抱こうとしてくれた。だが、緊張するだけで少しも気持ちは盛り上がらなかったのだ。

結果的に、ふたりの男性とは一度も深い関係になれないまま、交際は自然消滅してしまった。

美夏はしだいに、自分は武司のせいで、パイロットの制服にしかその気になれないような女にされてしまったのかもしれない、と思い始め……。いつの間にか、恋愛そのものから遠ざかっていた。

それなのに、パイロットにだけは絶対に恋をしない、と思っていたのに……。

どうしようもなく瞬のことが気にかかる。

瞬にも〝現地妻〟がいるのだろうか？　それとも、美夏をそうしようと思っているから、思わせぶりに近づいてくるのか。

あんなみじめな経験は二度としたくない。

そう思う反面、最近では、パイロットシャツの肩についた金帯を見ただけで瞬の姿を思い出すようになってしまった。

制服姿の瞬に荒々しく組み伏せられたら……そんな想像するだけで、ドキドキしてしまう。彼のネクタイをこの手でほどき、シャツのボタンをひとつずつ外して……。

そのとき、小春の叫び声に美夏は我に返った。

「違いますよね？　あなたは瞬さんじゃないって、そう言ってください!!」

そこは空港ターミナルビルの二階にある有料ラウンジだった。

テーブルがふたつ、その周囲にあずき色の一人掛け用ソファが十脚も置かれてある。予約制のラウンジで主に法人客が利用すると聞く。

瞬が空港事務所に掛け合い、鍵を開けてもらったという。

時計を見ると、二階フロアでの騒動から十分程度しか経っていなかった。ラウンジに着くなり、小春は瞬に向かって叫び始めた。だがすぐに、ふたたび泣き出したのだ。そのまま、崩れるようにソファに座り込む。

美夏もなんと言って宥《なだ》めたらいいのかわからず、小春の背中をさすりながら、隣のソファに腰を下ろした。

「松前……小春さんとおっしゃいましたか？　この画像を見ていただけますか？」

先ほどから無言で携帯を触っていた瞬だったが、どうやらお目当てのものを見つけたらしい。向かい合って座ったテーブル越しに、彼は携帯を差し出した。

画像にはスーツ姿の若い男性と、同じようにスーツを着た父親らしき男性が肩を組んで写っていた。画像のふたりはよく似ており、そして、この瞬ともそっくりだ。

「二年前に写したものなので、今と少しイメージは違うかもしれませんが……」

「瞬さん⁉　この人です。この人があたしの知ってる神谷瞬さんです！　でも、どうして⁉」

小春はその画像を見て断言する。

「やっぱり、そうか……。ここに写っているのは僕の父と弟です。弟の名前は耀《よう》と言います」

神谷耀――それが、小春が付き合った男性の名前だった。

耀は瞬より五歳も若い二十七歳だという。一浪して兄と同じ地元の国立大学に入り、一年留年して卒業した。

かなり苦労して、ようやく市内の大手企業に就職したが、たった二年でまさかの倒産。再就職も思うようにならず、現在就活中だという。

「それからなんです、弟が乱れた生活を送るようになったのは。ご覧のとおり、僕たち兄弟はとてもよく似ていて、僕の訓練生時代の写真を持ち出しては、自分はパイロットだと嘘をつくようになりました。だがそれも、その場限りの悪ふざけで、こんな形で女性を騙すようなことはしなかったんですが……」

それまで黙っていた美夏だが、瞬の言葉にカチンときた。

「待ってください！　それじゃ、うちの妹が嘘《うそ》をついているとでも⁉」

「お、お姉ちゃんてば、落ちついて」

立ち上がって声を荒げた姉を小春は慌てて引き止める。

美夏は決して好戦的な性格ではない。どちらかといえば、控えめで強く言われたら逆らえないタイプだ。

そうでなければ五年も馬鹿な男に、ダッチワイフ代わりに使われたりはしないだろう。

だが、小春のことになれば人が変わる。

美夏は両親が結婚してすぐに生まれた子供だ。ところが、なかなかふたり目ができず、小春が誕生したのは美夏が八歳のときだった。

姉妹の両親はどちらもひとりっ子だ。ふたりの間に生まれた子供には、ひとりのいとこもいないことになる。美夏をひとりっ子にしてしまったら、将来、寂しい思いをさせてしまうことは間違いない。

両親は美夏のためにも、なんとしても弟妹を作ってやりたかったという。

そのため、保険の利かない高度な不妊治療に、何年もお金を投じた。小春が生まれるまでに、O市内なら建売住宅の一軒も買えるぐらいはかかったという。

しかも母は、小春を高齢出産したあと、極端に身体が弱くなった。美夏が中学生、小春が幼稚園のとき、ついに心臓発作で倒れてしまったのだ。命にかかわるほどの発作ではなかったが、母は医者から無理は禁物と言われてしまう。

そんな母の分も美夏は頑張って小春の面倒を見てきた。

父も同様だ。自動車修理工として小さいながらも自分の工場を持ち、懸命に働き続けたのだ。そして美夏を短大に、小春を四年制の大学に進ませてくれた。

松前家は今も借家住まいで決して裕福ではないが、家族の仲はとてもいい。美夏が瞬に魅力を感じたのも、彼が家族思いだと知ったからかもしれない。

（家族思いだから、弟を庇《かば》ってるのかしら？　わたしが小春のことを守ろうとしているように……）

そう思い始めると、ムキになった自分が恥ずかしく、美夏は彼の顔色を窺《うかが》うように上目遣いで見る。

すると、瞬のほうもじっと美夏をみつめていた。

そして視線が合うなり、彼は穏やかな口調で話し始める。

「お姉さんのお怒りはごもっともです。もちろん耀には、自分のしたことの責任はちゃんと取らせます。どういう形にせよ、このまま逃げるようなことは僕が許しません。今日はこのままフライトがあるので家には戻れませんが、一週間ほど時間をいただけますか？」

瞬の言葉に嘘いつわりは感じられなかった。

小春もそう思ったのかうなずきながら美夏を見ている。

「わかりました。でも、この話は両親には知らせたくないんです。母は心臓が悪くて……。お話でしたら、わたしが伺いますので」

「こちらはそれでかまいません。じゃ、あとはお姉さんと話を進めましょうか」

その言葉を聞くなり、小春は席を立った。瞬に何度も礼を言い「よろしくお願いします」と頭を下げたのだった。

＊＊＊

小春がいなくなり、ラウンジルームはふたりだけになる。

美夏はいたたまれないような息苦しさを感じ、冷たくなったコーヒーを一気に飲み干した。そのコーヒーはこの部屋に入ったとき、瞬が買ってきてくれたものだ。

彼女は勢いをつけて立ち上がり、思いっきり頭を下げる。

「本当にすみませんでした！　わたし、とんでもない誤解をしてしまって……なんと言ってお詫《わ》びすればいいのか」

優しくて穏やかな瞬のこと、心から謝れば、美夏のことも許してくれるに違いない。瞬の許可を得てから、先ほどの機長にはあらためて謝罪に行ってこよう。

誤解さえ解ければ……美夏はそんなふうに考えていた。

一方、ドアのところまで小春を見送りに行っていた瞬だったが……。

彼は自分の席には戻らず、美夏の隣のソファにどさっと腰を下ろす。そして、彼に似合わない乱暴な仕草でネクタイを緩めた。

そのまま手を伸ばすと、冷え切ったコーヒーに口をつけるなり顔をしかめる。

「飲めたもんじゃないな。——で、あんたはこの後始末をどうつけるつもりなんだ？」

「……え？　あ、後始末って」

「自分が何をやったのかわかってないのか？　俺は機長の娘と婚約寸前だったんだぞ。しかも、来年の春には機長になれるところだったのに……あんたのせいで全部パーだ。この責任、どう取ってくれるんだ？」

彼の放つひと言ひと言に、これまで積み上げてきた瞬のイメージが、ガラガラと音を立てて崩れていく。

彼の乱暴な口調と横柄な態度にびくつきながら、美夏はとぎれとぎれに答えた。

「そ、それは……だって、あなたの弟さんが小春に嘘をついたから……だから……」

瞬は頬を歪ませるとフンと鼻で笑う。

「そんな理屈が通ると思ってるのか？　たしかに嘘をついたのは耀だ。だが、その責任を俺が取る義務はない！　人前でこれほどまでに俺の名誉を貶《おとし》めておいて、〝すみません〟で済むわけがないだろう」

言われてみればそうだ。

だがそれ以上に、瞬には結婚を考えていた女性がいたのだと知り、美夏はショックを受けていた。

「誤解……だったと、機長さんに説明します。わたしからちゃんとお話して……」

「そんなこと誰が信じるんだよ。俺が金で片をつけて、あんたに言わせてるって思われるのがオチだ」

「じゃあ……どうすれば？」

「名誉毀損の慰謝料と、機長になれなかった損害賠償を払ってもらおうか。ちなみに、機長とコーパイは年収の差額だけで、ざっと一千万になる」

コーパイとは副操縦士のこと。そして瞬の口にした金額は、美夏の年収の三倍以上もあった。

「待ってください。そんな金額……第一、絶対に機長になれたというわけじゃないでしょう？」

美夏は必死で反撃するが、瞬は余裕の表情で答える。

「じゃ、裁判だな」

彼は長い脚を組み替えながら、とんでもない言葉を口にした。その性急な発想に美夏はついて行けず、言葉を失う。

「だがそうなれば……可哀相に、妹さんの件が明るみに出てしまう。もちろん、心臓の悪いお母さんにも知られることになる」

「そ、そんなっ」

「俺は示談で穏便に済ませてやると言ってるんだ。嫌がってるのは、あんたのほうじゃないか。さあ、どうする？」

瞬から究極の決断を迫られ、美夏は声も出せずに呆然《ぼうぜん》としていた。

ラウンジルームに束の間の静寂が広がっていく。彼女の耳に、カチカチと壁にかけられた時計の規則正しい音が聞こえてくる。

小春を守るつもりが……理性をなくして取り返しのつかないあやまちを犯してしまった。

瞬の口にした金額が妥当なものだとは思えない。とはいえ、彼にとっては法外な金額でないことはたしかだ。

この上、破談になった結婚の慰謝料まで加算したら、いったいどれくらいの金額になるのだろう。

拒否したら本当に訴えられるかもしれない。

震え始めた膝を懸命に押さえ、美夏は覚悟を決めて口を開いた。

「わ、わかりました。ですから、家族を巻き込まないで……お願いします。何年かかっても、責任は取りますから……どうか」

　ふいに電子音が流れた。美夏の言葉を遮ったのは、瞬の前に置かれた携帯電話から流れるメロディ。

　瞬はテーブルに置いた携帯を摑《つか》み、画面をチェックする。

「フライトの時間だ」

　短く言うと彼はソファから立ち上がった。

　同じように美夏も立ち上がる。

「あの、じゃ、連絡先を伝えておきます。日時を決めてくださったら、どこにでも行きますから……だから家にだけは」

　瞬は何も答えず、つかつかと出入り口のドアに向かって歩く。そんな彼を追いかけるように美夏は話しかけた。

　ところが、ドアの寸前で瞬は立ち止まり——。

「これから新千歳に向かう。あんたも一緒に来いよ」

「は？」

「話の続きだ。逃げられちゃ困るからな」

「逃げたりしません！　わたしにも仕事があるんです。もう、店に戻らないと……」

そう言って瞬の横をすり抜け、彼より先にドアに向かおうとしたとき、目の前が腕で遮られた。

瞬が壁に手をつき、通れないようにしている。

慌てて向きを変えると、そこにはもう片方の腕が突き出された。

日に焼けた逞《たくま》しい腕だ。白いシャツとの見事なコントラストに、美夏は置かれた状況も忘れてドキッとする。

「何年かかっても、だと？　ふざけるなよ。まあいい、それも含めて相談に乗ってやる。仕事は早退してこい。セキュリティゲートの前に十分後だ」

「早退って……」

新千歳までなんて、どう考えても行けるわけがない。

そう言おうとしたとき、瞬は覆いかぶさるように抱きついてきた。逃れようとしても、壁に背中が押しつけられたままで、身動きが取れない。

（これって……どういうこと？　わたし、何をされてるの？）

急に男を感じさせてきた瞬に、美夏は戸惑いを覚えた。

そのとき、瞬の片足が彼女の膝を割った。彼は少し膝を曲げて、制服のタイトスカートの裾を徐々に持ち上げていく。

　ストッキング越しとはいえ、美夏の白い太ももが露わになり……。

「な……何を、する、んです……か?」

　手でスカートを押さえたいのだが、それは同時に瞬の脚に触れることになる。そのことに躊躇《ちゅうちょ》してしまい、どう抗えばいいのか困ってしまう。

　直後、首筋に瞬の唇が触れた。

　ぞくりとした感覚が全身に走り、抵抗する気持ちを奪い取られる。内股を彼の太ももでさすられ、美夏の欲情はあっという間に掻《か》き立てられた。

　そんな美夏の変化を察したように、瞬は耳元でささやく。

「思ったとおりだ。あんた……いつも俺のことをいやらしい目で見てただろ?」

　こっそりみつめていただけのつもりだった。それなのに、まさか瞬本人に気づかれていたなんて。

　美夏は必死で首を左右に振る。

「ふーん。さっきは首筋にキスされただけで、感じたくせに。そんな調子で、俺をごまかせるとでも思ってるのか?」

「ち、違うわ。馬鹿なこと言わないで。こ、こんな、無理やり身体に触れるなんて……犯罪よ。あっ……イヤッ！」

捲《めく》れ上がったスカートの裾から瞬が手を差し入れた。

一本の指がだらしなく開いた股の間を撫《な》で、あっという間にショーツの隙間から、秘められた場所へと滑り込む。

グチュッと淫らな水音が聞こえてくる。

蜜を絡めた指先で、花びらを掻き分け、探り当てた花芯を捏《こ》ね繰り回した。

「イヤ……やめて」

震える声で拒絶するのが精いっぱいだった。

「何が〝イヤ〟だよ。下着までこんなに濡《ぬ》らしてるくせに」

瞬はそんな彼女に向かって、蔑むように言う。

彼は指をさらに奥へと進ませ、美夏の膣内《なか》に指を挿入した。グジュ……ヌチュ……彼がわざと淫猥《いんわい》な水音を立てているのはあきらかだった。

何年ぶりの感覚だろう。

久しぶりの快感に、口を閉じているのが苦痛になってくる。美夏はたった一本の指に翻弄されていた。

「あ……あぁ……やっ、あ、あぁ」

喘《あえ》ぎ声を上げ、堕ちそうになった瞬間――。

蜜穴から彼の指がスッと抜かれた。昇り詰める寸前に放り出され、美夏の躰《からだ》は堪えきれずにヒクヒクと痙攣《けいれん》している。

「おっと、残り七分を切ったな。続きは新千歳へのフライトを終えてから、だ」

瞬はこれみよがしに美夏の愛液に濡れた指を見せ、白いハンカチで拭う。

美夏は空港ショップの店長なのだ。空港内のラウンジで、こんなことをしていてはいけない。個人的な理由で早退して、瞬を追って新千歳に行くことなどできない。

そう言おうとして、何も言うことができなかった。

「どうしても新千歳まで行けないと言うなら、仕方がない。だがそのときは、親だけじゃ済まないぞ。当然、幸福屋の本店にも連絡する。クビを覚悟しておけ」

そう口にした瞬の瞳は、危険な色に光っていた。

第二章　贖罪の一夜

ボーイング七六七。二百余名の乗客を乗せた機体は、O空港を離陸して約二時間後、新千歳空港に着陸した。

離陸前、美夏が店に戻ると祥子が心配そうな顔をして飛んできた。

『美夏？　いったい何があったの？』

相談したかったがとてもそんな時間はない。

ただ、彼と話し合う必要があるから、と告げると、祥子はすぐに早退の手配をしてくれた。

パート社員たちも何も言わなかったところを見ると、美夏が起こした騒ぎは全員が知っているようだ。

（あの分なら……神谷さんが言わなくても、空港事務所から幸福屋の本部に連絡がいきそう。戻ったら、クビになってるかもしれない）

空港ショップの正社員は店長の美夏と、主任と呼ばれている祥子のふたりだけ。あとは常勤のパートがふたりと、忙しい時期だけアルバイトを雇う。

祥子に閉店後の処理と明日の準備を任せ、美夏は瞬に言われるままセキュリティゲートに向かった。

その間に、新しい下着を購入するのが精いっぱいだった。ささっとレジを通して精算したが、祥子には気づかれてしまったかもしれない。

（あとで聞かれるだろうなぁ……でも、あの神谷さんに、ラウンジで逹《い》かされそうになったなんて、絶対に言えない）

私服に着替える時間などあるはずがない。

ただ下着だけは……どうにも気持ちが悪くて、飛行機に搭乗してから機内のトイレで穿《は》き替えた。

それにしても、瞬の豹変《ひょうへん》ぶりには驚かされた。

ラウンジルームで瞬から言われたこと、されたことを思い出すだけで、美夏は恥ずかしさと悔しさに泣きたくなる。

たいした抵抗もせず、流されそうになった自分にも自己嫌悪を感じずにいられない。

ただ、彼に対する罪悪感があったこともたしかだ。

瞬に恥を掻《か》かせて申し訳ないと思った。妹のことで頭に血が上っていたために武司のような男と同じだと思い込み、上司や同僚、乗客の前で晒《さら》し者にしてしまったことに、責任を取らなくてはならない。

その思いから、押さえ込まれても抗えなかった、と言い訳はできる。

しかし今となっては、武司と違うかどうか、はっきりと言いきる自信がない。

公共の場所である空港のラウンジルームで、女性の下着の中に指を押し込み、さんざん嬲《なぶ》り尽くしたのだ。

美夏の失態を差し引いても、パイロットというだけで女をオモチャにしてもいいと考えているとしか思えない。

彼は慰謝料や損害賠償の代わりに、身体で返せというつもりだろうか？

（ないない、絶対ない。だって、若くて可愛いCAが周りにいっぱいいるのよ。来年には三十になろうって女に、あるわけないじゃない）

しかしその場合――彼は話し合いのためだけに、自ら新千歳行きの航空券を用意して、美夏をフライト先まで同行させた、ということになる。

小春の一件を思えば、美夏が逃げ出すはずがないのは明白だろう。

悶々《もんもん》と考えながら、トイレから座席に戻る途中、唐突に瞬の名前が耳に飛び込んできた。

『婚約ダメになって神谷さん可哀相』

『機長へのチャレンジも最低三年は延びたよね』

それはあからさまなほど、美夏に対する嫌みだった。客室乗務員の女性たちは、美夏に聞こえていることを承知で言い続ける。

『どこがよくて、あの程度のショップ店員に手を出したわけ？　しかも妊娠させるなんて……神谷さんらしくないわ』

『決まってるじゃない。パイロットと結婚したくて罠《わな》に嵌《は》めたのよ』

その言葉にびっくりした。

あらためて思い出してみれば、

『パイロットの肩書きで女を騙《だま》して、妊娠させて捨てるなんて最低だわ！　ちゃんと責任は取ってもらいます。このまま逃げられるとは思わないで！』

衆人環視の中で美夏が叫んだセリフの中に、『妹』という単語はなかった。無意識で小春のことを庇《かば》おうとしたのかもしれない。

何も知らない人間が、美夏のセリフをストレートに受け取れば……美夏自身が瞬に妊娠させられ、逆上していると取られても無理はない。

（でも……だったら、どうしてあのとき神谷さんは否定しなかったの？　すぐに、こんな女知らないって言うこともできたはずなのに……）

疑問は増える一方で、美夏はさらなる混乱に頭を抱えるのだった。

一度旅行してみたい憧れの地――その北海道にこんな形で訪れることになるとは、想像できるはずがない。

右も左もわからず、美夏は疑問を抱えたまま、新千歳空港の到着ロビーに佇《たたず》んでいた。

当然だが、パイロットの瞬が乗客と一緒に降りられるはずはない。美夏から連絡を取る手段もなく、座って待とうとベンチを探して歩き始める。

そのとき、ふいに腕を摑《つか》まれた。

「おい！　ここまで来て逃げるつもりか⁉」

怒声を浴びせられ、びっくりして振り返ると、そこに瞬が立っていた。少し息遣いが荒く思えるのは、仕事を終えるなり、慌てて出てきたせいだろうか。

彼は美夏を抱き寄せるようにして、早足で歩き始めた。脇目も振らずレストランや国内線ツアーデスクの前を通り抜けていく。

「ま、待って、そんな、乱暴にしないで」

「乱暴なほうが好きなんじゃないのか？」

瞬の言葉に、美夏は心臓が止まりそうになった。

武司の言葉に疑いも抱かず、言いなりにされた日々が甦《よみがえ》る。いや、それは〝過去〟ではなかった。

ラウンジルームで強引に触られたときも、美夏は感じていた。

（わたし……本当に、おかしいのかもしれない）

そういえば、あのとき瞬も言っていた。

『あんた……いつも俺のことをいやらしい目で見てただろ？』

ＢＮＡの制服を着た一団が通りかかるたび、瞬がいるのではないかと思って、彼の姿を探していたことは事実だった。

（じゃあ、神谷さんが悪いんじゃなくて、わたしが変な目で見ていたから……？）

そのとき、瞬がピタッと立ち止まった。

「返事がないってことは、イエスってことか？」

「それは……とにかく、話し合うんでしょう？　どこか、カフェにでも」

「部屋を取ってある。黙ってついて来ればいい」

「あ、あの、部屋って」

「決まってるだろう。空港直結のホテルだ。そこで、たっぷりと、時間をかけて……話し合おう」

チラッと向けられた視線は、信じられないほどの熱を孕《はら》んでいた。

しかも、彼の言葉はなんて思わせぶりなのだろう。とくに、『話し合おう』が美夏の耳には『愛し合おう』に聞こえてしまい……彼女の鼓動は一瞬で跳ね上がる。

「ま、待ってください。わたし、今日中には戻らないと……」

「それは無茶というものだな。O空港行きの直行便は一日一本しかない」

唖然《あぜん》とする美夏を、彼はさも楽しそうに見下ろしている。

「いい加減、観念するんだな」

そのまま彼に手を引かれ、美夏はホテルのロビー直通のエレベーターに、無言で乗り込んだのだった。


瞬が予約していた部屋はダブルルームだった。それもダブルベッドの幅が二〇センチほど広いデラックスタイプの部屋だ。

クリーム色に統一された内装が、部屋を明るく広く見せている。

瞬は黒いフライトバッグをクローゼットの前に立てて置き、慣れた手つきで制帽をバッグの持ち手に引っかけた。

「シャワーはそこだ。お先にどうぞ」

彼は当たり前のように口にする。

「は、話し合いに……シャ、シャワーが必要なんでしょうか？」

毅然《きぜん》として言うつもりが、声が震えていた。

案の定、瞬は腕を組んだまま、意地悪そうな笑みを浮かべてこちらを見ている。

「お聞きしたいことがあります。もちろん、わたしが誤解で恥を掻かせてしまったことは認めます。でも、妊娠させた相手がわたしでないことも、そもそもご自身に身に覚えがないことも、あのときどうしておっしゃらなかったんですか？　機長さんの前で認めて謝ったのはあなたじゃないですか。それなのに……わたしにだけ責任を取れなんて」

瞬は反論せず、じっとこちらを見たままだった。

その視線はわかりやすいくらいの欲望を露わにしていた。

ラウンジルームでの行為は犯罪だから、瞬の要求に応じる必要はない、と言い返して、セックスを求められたらきっぱりと断るつもりだった。

それなのに、彼の情熱的なまなざしに、美夏はそれ以上言えなくなる。

「言いたいことはそれだけか？　嫌なら、無理にとは言わない。直行便はないが、羽田経由なら今日中に戻れるだろう。チケットを取ってやるよ」

彼は大きく息を吐くと、腕時計を見ながら言う。

瞬が何を考えているのかさっぱりわからない。ただわかるのは、彼が美夏を抱きたいと思っていること。

そして、美夏も……。

「わたしの身体に、一千万の価値なんてないと思います」

「それを決めるのは俺だろう?」

瞬はベッドに腰を下ろし、

「出て行かないなら……来いよ」

指をクイッと折り曲げ、美夏をベッドに誘う。

「小春とあなたの弟さんのことは……」

「それは俺が責任を持って耀に話す」

美夏は、蝶《ちょう》が花の蜜に吸い寄せられるように、ふらふらとベッドの近くまで歩み寄る。

自分で自分が信じられないと思いながら……。

手を伸ばせば、互いに触れられる距離まで近づいた瞬間——瞬に手首を掴んで引っ張られていた。

美夏は崩れ落ちるようにしゃがみ込むと、彼の膝に手を置き、そのままもたれかかるような態勢になる。

「じゃあ、示談の話し合いだ。まず……しゃぶってもらおうか」

頭上から降ってきた瞬の声に、美夏はビクンと身体を震わせた。だが、何を、と問い返すほどウブな年齢ではない。

言われるまま……彼のベルトを摑んだ。

ゆっくりと外すと、ファスナーを下ろし、ズボンの前を寛がせた。

そこは、とてもさらなる愛撫《あいぶ》が必要とは思えない。黒のボクサーパンツ越しにもはっきりとわかるほど、硬く張り詰めていた。

武司以外の男性のモノを初めて目にして、美夏はショックを受けて固まった。

おずおずと触れるが、あまりの雄々しさに思わず手を引いてしまう。

「わ、わたし……コレはあまり得意じゃなくて……それに」

「それに、なんだ?」

「こんなに大きかったら、歯を立ててしまうかも……」

その言葉を聞くなり、瞬は可笑しそうに笑った。

「多少の自信はあるが、そんな顔で驚かれるほど巨根じゃないぞ。ああ、そういうことか。

昔の男のモノが、よっぽど粗末だったんだな」

美夏は言い返す言葉が見つからない。

彼女をこっぴどく振った武司のモノは、実は……たいしたモノではなかったのかもしれない。

そう思うと、たしかに思い当たる節もある。

最中に避妊具が外れて、彼女は不安な日々を過ごすという経験を数回した。あれはきっと、武司のサイズが避妊具の標準サイズにも満たなかったからではないか。

呆然《ぼうぜん》としている美夏のことをどう思ったのか、瞬は前屈みになると、髪をすくい上げるようにして彼女の後頭部に手を添えた。

耳朶《みみたぶ》に唇を押し当て、掠《かす》れる声でささやく。

「だったら、舐《な》めるだけでいい」

そのまま、彼女の頭を押さえ、自分の股間に近づけた。

美夏はそれ以上、時間をかけていられないことを悟る。彼のボクサーパンツを摑《つか》むと、一気に押し下げた。

「きゃっ！」

勢いよく飛び出してきたペニスを見て、声を上げてしまう。

「ラウンジで下着をびしょびしょにした女に、そんな可愛らしい悲鳴は似合わないな」

瞬の嘲笑《ちょうしょう》混じりの声に、美夏は躰《からだ》がズキンと疼《うず》いた。

彼の昂《たかぶ》りを両手で摑んだ。赤黒い灼熱《しゃくねつ》の杭《くい》はすでに真上を向いている。彼の望むまま、その周囲に舌を這《は》わせつつ、ゆっくりと上下にこすった。

瞬の口から熱い吐息が漏れる。

彼はさらに上半身を前に倒し、長い腕を伸ばしてスカートをたくし上げた。

着替えたばかりなのに、ふたたび濡《ぬ》らしてしまった白いショーツが露わになる。そして、薄い生地の上から、瞬の指が遠慮なしに大事な部分をまさぐった。

「思ったとおりだ。舐めるだけでコレか？　いや、この制服のおかげかな？」

「そんな……違います……わたしは」

「言い訳はいい。次は自分で服を脱げ。全部だ」

彼の指に合わせ、美夏の腰は緩やかに動き始めていた。それをいきなり中断され……。

彼女は堪えきれず、もぞもぞと腰を動かした。

瞬はそんな彼女の仕草に気づいたらしい。

「なんだ、その腰は。もう、我慢できないみたいだな。いいだろう。脱いだら、自分から俺に跨《また》がるんだ」

余裕の口調で言う。

悔しい反面、瞬の命令を不快に思わなくなっていることに、あらためて自分の本当の気持ちを知ってしまう。

酷い男なのに、過去の経験で懲りたはずなのに……。

剝き出しの下半身とは逆に、きちんとネクタイを結び、制服を着たままの上半身に彼女の心は掻き乱される。

彼から離れて立ち上がり、自分自身も制服姿のままだったことを思い出す。

薄いピンク色のブラウスに結ばれたえんじ色のリボンを慌ただしく外す。シャツを脱いだあと、こげ茶色のタイトスカートも脱ぎ捨てた。

(こんなことなら、ちゃんとした下着を着てくるんだった。安物の着古したブラに、ベージュのストッキングなんて……恥ずかしい)

ブラジャーを取り、太ももまでのストッキングを脱ごうとしたとき――。

「ソイツは穿いたままでいい。そっちより、濡れたショーツのほうをさっさと脱ぎたいんじゃないのか?」

からかうような瞬の声に、美夏は羞恥心を投げ捨てた。

ショーツを引き下ろし、片足ずつ外していく。真新しいはずのそれは、洗濯しなくては

穿けないほど、ぐっしょりとしていた。

美夏は靴を脱いだあと、ベッドに膝をついた。

太ももを跨ぎながら彼の肩に摑まったとき、パイロットの肩章に指先が触れる。

その瞬間、躰の奥から蜜が溢《あふ》れ出してきた。美夏の内股を伝って流れ、とろりとした愛蜜の雫《しずく》が、彼の昂りの切っ先に滴り落ちた。

堪えきれず、そのまま、腰を下ろしていく。

そして彼の昂りが蜜口を掠めたとき——。

「ああっ……んんっ」

美夏はそれだけのことに、色めいた声を漏らしていた。

そのとき、瞬の指先が美夏の秘所をツツーッとなぞった。

「ひゃあんっ！　あ、あ、あ、ダメ、ダメェ……あぁーっ！」

「ちょっと触るだけでコレか？　ああ、欲しいのはこっちのほうか。ほら、早く下の口を塞がないと、涎《よだれ》が垂れてるぞ」

瞬の言葉に屈辱を感じる。

それでも逆らうことはできず、美夏は性急に腰を落としていく。

彼女にとって、およそ五年ぶりのセックスだった。夢中になって跨ってしまったが、逞《たくま》しい雄身を奥に受け入れるほど、狭くなった蜜道を強引に押し広げられるような痛みを感じる。

しばらくの間、彼に抱きつき、その充実感だけで満たされていた。

だが、やがてそれだけでは物足りなく感じ始め……。

「あ……ねえ、もう……お願い」

「どうした？　俺から奉仕する気はないぞ。達《い》きたければ自分で動け。それか、俺が動かずにはいられないほど、感じさせてみろ」

「そ……そんなぁ」

美夏は泣きそうだった。

だが、じっとしているわけにもいかず。彼の上に乗ったまま、美夏は瞬のネクタイをほどき始める。

その間も、彼女の腰は自然と弧を描いてしまう。

シャツのボタンを外すと、インナーシャツは着ていなかった。彼の日に焼けた厚い胸板に口づけ、抱きつきながら繋《つな》がった部分を強く押し当てる。

そして彼の首に手を回したとき、美夏の目にパイロットの肩章が映った。

「……神谷さん……わたし、もう……」

美夏は腰を前後に揺らし、自らペニスを抜き差しした。

「あ、あ、あ……あぁっ！」

まるで制服を穢《けが》すような、背徳の行為が美夏を頂点へと押し上げる。膣奥《ちつおく》がキュンと痺《しび》れて、彼女は背中を反らせた。

絶頂に達しながら、こぼれ落ちる涙が止まらない。

(こんな、自慰みたいなセックスで感じてしまうなんて……。それも、わたしひとりだけ……やっぱり、最低の男だわ)

美夏の心が恥辱に染まったとき——瞬が動いた。

「きゃっ！」

いきなりベッドの中央に転がされ、美夏は全身で彼の体重を受け止める。下半身は繋がったまま、くるりと横に回転させられた感じだ。

「あんたの勝ちだ。今度は俺が達かせてやる」

「あ、待って……今、達ったばかりだから……あん、やぁっ、あぁんんっ」

瞬は信じられないほど激しく突き立てた。

中をえぐるように掻き回され、美夏の口からとめどなく嬌声《きょうせい》がこぼれる。自分の躰に、これほどまで感じる深い部分があるなんて、全く知らなかった。

初めての快感に理性など吹き飛んでしまう。

「そんなにいいのか？　ほら、もっと啼《な》けよ」

「神谷……さん、待って……もう、おかしくなりそう」

「おかしくなればいい。俺の名前は瞬だ。そう呼べ」

「瞬――ああ、もう、ダメェーッ！」

美夏は叫びながら、これまで経験したことのない高みへと連れて行かれた。全身が小刻みに痙攣《けいれん》して、意識が飛びそうになる。

だがそのとき、

「俺もそろそろ限界だ。射精《だ》させてもらうぞ」

瞬の言葉を聞いた瞬間、美夏は我に返った。

「あ、あの……ゴムは着けてないでしょう？　だから、外に……お願い」

「ごめんだね」

それは、にわかには信じがたい返事だった。

思わぬアクシデントはともかく、武司は避妊に関しては気を遣っていた。美夏も充分に慎重なセックスを心がけてきたつもりだ。

それが今は恋人でもない……しかも、彼女を脅すようにして快楽の坩堝《るつぼ》に引きずり込んだ男に抱かれている。

だが、心のどこかで美夏は瞬を信頼していた。彼なら、ギリギリのところで避妊に気遣ってくれるだろう、と。

瞬は額に汗を浮かべて、美夏の躰を突き上げ続ける。

「でも……もし、妊娠したら……」

不安を感じているにもかかわらず、激しい刺激は美夏の躰にふたたび火をつけた。

「今さら？　忘れたとは言わせない。俺はあんたを孕ませたことになってるんだ。——そのとおりにしてやる」

「え？　あっ」

問い返す時間もなかった。

蜜窟の天井に熱い飛沫《ひまつ》を吹きつけられる。

(やだ、躰の奥にシャワーを当てられてるみたい……こんな、リアルに感じるなんて……知らなかった)

こんなふうに、最後の瞬間を受け止めたのは初めての経験だった。

不安は消し飛んでしまい、そのまま、何度目か思い出せないほどの悦びの渦に美夏は引きずり込まれる。

それはわずか数秒で、彼女の中から冷静さと常識を奪った。


飛行機の飛び立つ音に、美夏は目を覚ます。

ベッドサイドのテーブルに置かれた、シェードランプのオレンジ色の灯りが目に映る。窓の外にもキラキラと光る滑走路のライトが見えた。

ランプの下にある時計を見ると十時半を回っている。

（たしか……部屋に入ったとき、夕方の五時にもなってなかった気がする。いったい何時間ベッドにいたのよ）

そのとき、美夏が枕にしていたものが動いた。

反対側を見ると、そこに目を閉じた瞬の顔があった。ドキッとして一瞬で頭の中がクリアになる。

どうやら、美夏は彼の腕枕で寝ていたらしい。そんなに長い時間ではないと思うが、正確にはわからない。

思い返せば、武司とはこんな時間を過ごしたことはなかった。

五年も付き合いながら、寝顔すら見たことがない。パイロットの彼氏を持ちながら、一緒に旅行もしなかったなんて……。恋人扱いされていない、ともっと早く気づくべきだった。

(今、隣に寝てる男が〝恋人〟ってわけじゃないけど)

過失の責任を取れと北海道まで連れてきて、彼女の身体を思う様に蹂躙《じゅうりん》した男。

もちろん強要されたわけではない。ただただ、美夏の心と身体が、彼を拒否することができなかっただけだ。

間近で見ると、信じられないほど整った顔立ちをしている。中学生、いや、小学生のころはきっと、紅顔の美少年と呼ばれたことだろう。

だが今は……こんな時間のせいか、彼の顎《あご》にはうっすらとひげが生えていた。

(無精ひげがセクシーなんて、わたしったら、どうしちゃったんだろう?)

容貌だけではない、彼の身体にも魅力を感じる。

何かスポーツでもしているのだろうか。盛り上がった肩の筋肉や、厚い胸板、鍛えられた腹筋も……思わず手を伸ばして触ってしまいそうだ。

瞬はラウンジルームで弟の耀と五歳離れていると言っていた。耀が二十七歳ということは、彼は三十二歳ということになる。

(そういえば、婚約寸前の女性がいたんじゃなかった? 父親に破談と言われただけで、わたしとこんな関係になってもいいの？）

だが、婚約が破談になったとしても、女に不自由するとは思えない。

三十二歳といえば、武司と同じ年齢だ。職業も同じとはいえ、男としてのグレードはあきらかに瞬のほうが上だった。

そしてセックスも……慣れた様子は彼女に触れた指でよくわかる。それは思い出すだけで、下腹部に甘い痺れを呼び起こすほどで——。

美夏は脚の間にヌメリを感じ、慌てて内股をこすり合わせた。

とりあえず、気持ちを切り替えよう。シャワーを浴びてこようと思い、そっと身体を起こした。

その直後……。

「やだ、何？　きゃっ！」

枕にしていた腕がふいに美夏の胸を掴み、瞬の腕の中に引き戻す。

「あきらめろ。さっき飛び立ったのが、スカイマークの最終便だ。もう、新千歳を発つ便はない」

「お、起きてたんですか？」

寝ているとばかり思っていた。

彼の身体に触れなくてよかった、とホッと息を吐く。

「往生際の悪い女だな」

「どういう意味ですか？　わたしはただ……シャワーを浴びようと思って」

美夏は何も身につけてはいない。自分で脱いだのだから当然だが、ストッキングも今は穿いていなかった。

瞬のほうも……いつの間に脱いだのか全く記憶にないのだが、全裸だった。

「今さら洗い流しても無駄だと言ってるんだ。どっちみち、今夜だけで終わらせるつもりはないからな」

瞬の言葉にハッとする。

そういえば、一度も避妊しなかった。それどころか、妊娠させると宣言されたような気もする。

あのときは美夏自身が興奮していてよく覚えていないのだが……。

「も、もし、本当に妊娠したら……どう責任を取ってくれるんですか⁉」

「責任？　どんなふうに取って欲しいんだ？」

「わたし、中絶はしませんから！　認知……いえ、結婚してくださいって言います！」

瞬が恋人だったら、絶対に言えないセリフだ。美夏のほうから結婚をねだって、嫌われたくない、と思ってしまう。

甘えることが苦手なのは、長女気質と言えるだろう。

だがこんなふうに言えば、さすがの彼も『今夜だけ』の関係で終わらせようと考えるかもしれない。それはそれで切なくて、胸がチクンと針で刺されたように痛む。

しかし、美夏の予想は完璧に外れた。

「ああ、それでいい。俺は独身だし、とくに困らない」

美夏は、次の言葉が思い浮かばないほど呆気《あっけ》に取られていた。

空港のショップで顔を合わせるだけで、ほとんど知らない女と結婚してもいい、だなんて。とても、正気の沙汰とは思えない。

「じゃ、これで成立だな」

「え？　な、何がですか？」

「破談の慰謝料と昇進の機会を奪った損害賠償――そうだな、一千万に負けてやろう。全額払い終えるまで、あんたは俺の言いなりに抱かれる。ただし、俺があんたを妊娠させたら、責任取って結婚してやるよ」

彼の言いなりに抱かれ、もし子供ができたら結婚する――それのどこが、『破談の慰謝料と昇進の機会を奪った損害賠償』の代わりになるのだろう？

（わ、わからない。神谷さんって、何を考えているの？）

美夏は瞬の本心が見えず、答えに迷う。

「もし、この条件が嫌だというなら……お互いの弟妹の件も含めて、家族会議でもするしかないな」

「それは困ります！　わかりました、神谷さんのおっしゃるとおりに……あ、やぁっ」

母にだけは小春の件を知られるわけにはいかない。

妊娠が事実なら、いずれは知らせることになるだろう。だがそれは、耀との結婚が決まったあとでなくてはならない。

その思いだけで返事をしたのだが、何が気に入らなかったのか、ふいに美夏の身体を組み伏せてきた。

「名前で呼べと言っただろう」

瞬の不機嫌な理由はわかったものの、彼がそこにこだわる意味がわからない。

「そ、そんなことで……あっん」

ふいに上掛けが剝がされ、美夏の裸体がオレンジ色の灯りに照らし出される。

同じように瞬の肉体も露わになった。美夏はどちらを向いたらいいのかわからず、困惑してしまう。

「裸の俺じゃ、気に入らないか？　だから、そんな他人行儀に呼ぶのか？」

「ち、ちが、い……そうじゃ、なくて……あ、あぁ」

美夏が横を向いたわずかな隙だった。

瞬は彼女の足首を摑み、大きく左右に開く。

「か、かみ……しゅ、瞬、それって……丸見えに、なるので、やめてください」

「丸見え？　ああ、たしかによく見える。少し赤くなってるのは、激しくこすったせいかな？」

「やぁ、見ないで……そんなこと、声にしないで」

美夏が焦って止めようとすると、彼はよけいに脚の間に顔を近づけた。

「三回も中に射精《だ》したのに、外には溢れてきてないな。子宮まで流れ込んでいたら、俺も耀と大差ない時期にパパだ」

笑いながら言っている場合だろうか？

「ほ、本当に、そうなっても知りませんから」

「かまわないと言ってるだろう。どうやら、信頼されてないらしい。だったら、もう一度念入りに種付けしておいてやる」

もうこれ以上は……と口にする前に、瞬の舌が彼女の花びらをペロリと舐めた。

そのまま、チュウッと音を立てて花芯に吸いつく。赤く膨らんだ淫芽を口に含まれ、美夏は頭の中が真っ白になった。

淫芽をしつこくねぶられ、心地よさに腰を軽く突き上げてしまう。

直後、蜜窟に長い指が押し込まれた。グリグリと膣内を掻き回され、美夏は隣の部屋まで聞こえそうなくらいの啼き声を上げていた。

「ふーん。ずいぶんいい反応だ。ココ、舐められるのが好きなんだな。最初に言えばよかったんだ。さっきも舐めてやったのに」

瞬は口元を拭いながら、そんなことを言う。

だが、美夏自身も知らなかったことだ。なぜなら、武司は彼女を気持ちよくさせようとしてくれたことはなかった。

ただひたすら、言葉で美夏を辱めただけだ。

瞬も卑猥《ひわい》な言葉で彼女を攻め立てるが、彼に抱かれたことで、初めて知る悦びがこんなにも多いのはなぜだろう。

(武司との五年間より、瞬に抱かれた数時間のほうが気持ちよかったなんて……自分で自分が信じられない)

美夏は瞬に向かって手を伸ばし、

「お、ねが、い……きて。わたし、もう……お願い」

「俺に何をして欲しいんだ？　ほら、ちゃんと言ってみろ」

慰謝料や損害賠償と言われながら、自分からねだるなんて、愚かにもほどがある。そう思いながらも、美夏は我慢できずに叫んでいた。

「あなたの……ソレが欲しいの。わたしの中に……瞬、お願い、抱いて」

泣くように頼んだ直後、瞬ははち切れそうなペニスを、美夏の秘所に押しつけてきた。すぐさま押し込まず、焦らすように先端で割れ目をこすり続ける。

「脚を閉じるな。自分で膝を抱えて……俺が挿入しやすいように、大事な場所をしっかり開いておけ」

美夏はおずおずと手を伸ばし、仰向けのまま自分の膝を押さえた。

自分の中に入り込もうとする男性自身が見える。そんな光景を目にしたのは初めてで、なおさら官能的な気分になってしまう。

シェードランプの灯りだけでよかった。もし、煌々《こうこう》とした灯りの下なら、とてもこんな格好などしていられない。

彼女は安堵《あんど》の息を漏らした。

直後、瞬はベッドサイドのスイッチに手を伸ばす。まるで彼女の心の内を読んだかのように、部屋の灯りを最大のボリュームにしたのだ。

「きゃっ⁉　や、やめてください。灯りを消し……あ、あ、あぁ」

慌てて身体を起こし、灯りを消そうとスイッチに手を伸ばした。

だが、彼はその瞬間を狙ったように、ひと突きで美夏の最奥を穿った。そのまま、ベッドのスプリングを激しく軋《きし》ませ、何度も何度も突き上げ始める。

「粗末な男と付き合ってたわりに、いい躰をしてる。中の締まり具合もちょうどいい。俺のために、あつらえたみたいだ」

「そ、そんな……いやらしいことを言うのは、もう……やめて」

言われるのが嫌、というわけではない。言われるたびに、躰の奥から愉悦が溢れ出してきて……。

自分の人とは違う性癖なのだと思い知らされ、切なさで胸が塞がれるようだった。

「なんだ、こんないやらしい躰をして、男の数は少なそうだな。そんな反応をされると、もっと苛めてやりたくなる」

その言葉は美夏の心をざわめかせた。

（やっぱり、わたしのせいなの？　わたしに原因があるから、男の人に愛してもらえないだけじゃなくて、苛めたくなるってこと？）

「どうして……わたし、なの？」

思わず、口をついて出る。

「どうしてだと思う？」

美夏の問いに瞬は質問で返してきた。

「わから、ないから……聞いて、るのに……」

「俺の人生が狂ったのは、全部あんたのせいだ。その罪はしっかり償ってもらう。簡単には手放さないから、覚悟しておけ」

言うなり、彼は抽送をやめ――その瞬間、美夏の胎内を白濁で満たしたのだった。

第三章　危険な快楽

翌日、北海道から戻れたのはギリギリ午前中だった。

「あの小春ちゃんがねぇ……」

そう呟《つぶ》やいたのは祥子だ。

前日は早退、今日は遅刻決定になってしまった。パートやアルバイトの人たちに北海道土産を配りながら、迷惑をかけたことを謝って回る。

そして祥子には、北海道土産プラス、遅くなってしまったお詫《わ》びにお昼をおごりながら、空港内のレストランで簡単に事情を説明したのだった。

昨日の昼に妹の小春から『妊娠したかもしれない』と相談を受け、その相手が瞬の弟、耀とわかった。だが耀は小春から逃げ回っている。後回しにできる問題ではないので、兄である瞬と相談することになったのだ――と釈明する。

さすがに、耀が瞬の名前や職業を騙《かた》っていたことまでは言えなかった。

だがそのせいで、美夏は早とちりをして、瞬の出世と婚約の邪魔をしてしまい……。

瞬に賠償金を支払うことになったが、その支払いが終わるまで、彼の言いなりになることを約束した。

などという具体的な状況まで……話せるはずがないだろう。

「でも、小春ちゃんのこと、そんなに怒っちゃダメよ。デキ婚なんて、今どき珍しくもないんだから」

複雑な事情を知らない祥子は気軽に言う。

「デキ婚ならね。わたしだって、おめでとうって言うわよ。そうじゃなくて、未婚の母になりそうだから、お兄さんに直談判するようなことになってるんじゃない」

美夏はため息交じりに言い返す。

だが、そんな美夏の顔を覗《のぞ》き込みながら、祥子はニヤニヤと笑っている。

「ふーん。そうなんだ……ふーん」

「……何か言いたいことがあるなら、はっきり言ってよ」

「小春ちゃんのこと、いいきっかけになったんじゃない？　神谷さんと……新千歳のホテルで、ナニがあったのかなぁ」

ランチとセットになっているアイスコーヒーを飲みながら、祥子は思わせぶりに指をクルクル回して美夏を指差した。

美夏のほうは、逆にアイスコーヒーを吹き出しそうになる。

「な、なんにもないわよ……小春のことを、相談しただけだし……」

「ふーん、じゃあ、ホテルの部屋は別々だったんだぁ」

「そうよ……当たり前じゃない」

我ながら、嘘《うそ》をついています、と言わんばかりの震える声だ。

こんな調子で祥子を騙《だま》せるはずもなく……。

「だったらさ、大急ぎで替えのショーツだけ買っていったのはどうして？」

「そ、それは、泊まりになるかもって思ったから」

「話し合いだけで〝泊まりになるかも〟って思ったんだ。まあ、それなりに面倒な話だもんねぇ。わざわざ北海道まで飛んで行ったくらいだし……。けっこう長い話し合いになったんじゃない？」

新千歳空港に到着したあと、すぐホテルに入って、そのあとは……。

（ちょっと意識が途切れたこともあったけど……日付が替わるまで、エッチしっぱなしだった気がする）

彼の腕枕で眠ったことや、シャワーまで一緒に浴びたことを思い出し、美夏は頬が火照ってきてしまう。

慌てて妄想を振り払い、真面目な顔をして答えた。

「そうなのよ。いろいろ相談していたら、ずいぶん夜遅くまでかかっちゃって」

「遅い時間はバーも閉まっちゃうもんねぇ」

「うん、そうそう」

「なるほどねぇ。それで、久しぶりのエッチまでしちゃったのかぁ」

「うん、まあ……いや、ちょっと待って」

ついうなずいてしまい……頭を抱えるが後の祭りだ。

祥子は声を上げて笑い、あからさまな質問をしてくる。

「ねえ、ねえ、神谷さんってどうだった？　美夏の経験って元カレだけだったよね？」

「どうって、べつに……」

これ以上引っかからない。よけいなことは答えない。

念仏を唱えるように頭の中で繰り返す。

「あー、そっか、ふたりとも同じパイロットだもんね。結局、似たようなもんかぁ」

祥子の口から瞬と武司のランクが『似たようなもん』と言われ、つい――。

「違うわ！　瞬は、あんな男とは全然違う!!　たしかに、額面どおりじゃなかったけど……でも、でも……」

今度はうっかり瞬の名前を口にしてしまった。

美夏はふたたび頭を抱えるが、案の定、祥子は我慢できないといった顔で笑っている。

「いや、だから、恋人になったとかじゃなくて……あんな男とは違うって言いたいだけよ。だって、パイロットはもうこりごりだもの。元カレとは違うけど……だからこそ、元カレ以上に、簡単に信じたら痛い目を見ると思う、絶対！」

瞬は美夏の身体が……はっきり言えば、美夏とのセックスが気に入った様子だった。

簡単には手放さないと言っていたので、彼が飽きるまで求められるだろう。だからこそ、飽きればおしまいになるのは、目に見えている。

しかも、賠償金代わりのセックスなので、彼の求めに応じるだけ。美夏から求めたところで、抱いてくれるはずがない。

つらつらと考えるうちに、美夏はしだいに落ち込んできてしまう。

そんな彼女の表情を見ていた祥子は、一転して、心配そうな声になった。

「まあね、男はみんな額面どおりじゃないからね。でも神谷さんは、美夏に本気だと思うんだけどな」

「そんなこと……」

「ま、小春ちゃんのこともあるからね。お互いの弟妹が結婚なんてことになれば、一気に親戚付き合いだもの。そういうややこしい関係になるかもって、わかってて手を出したなら、少しは信じてみてもいいいんじゃない？」

祥子の言葉は嬉《うれ》しかった。

だが、美夏のあやまちが原因とはいえ、慰謝料や賠償金に一千万円もの大金を要求されていると聞けば、瞬への評価を変えるに違いない。

言うべきか、言わざるべきか……。

美夏が考え込んでいると——レストランの窓ガラスを、コンコン、と叩《たた》く音が聞こえてきた。

何気なくそちらに視線を向けると、なんと、そこに瞬が立っていた。


「店に行ったら、昼休みだと聞いたんです」

瞬はフライトバッグを手に、制帽を脱ぎながらレストランの中に入ってきた。

彼の爽やかな笑顔に、レストラン中の女性の目が釘付《くぎづ》けになる。

美夏にしても大差ない。昨夜、瞬の本性をまざまざと見せつけられたはずなのに、それでもうっとりと見惚《みと》れてしまう。

ふとした瞬間、精悍《せいかん》なパイロットシャツの下に潜む、野獣のような肉体を思い出し、よけいに胸をときめかせた。

「美夏さん、昨日はわざわざ北海道までお付き合いいただき、ありがとうございました」

名前を呼びながら、彼はごく自然な動作で美夏の隣の席に腰を下ろす。美夏はドキドキしながら黙って見ていることしかできない。

だが、続く言葉に彼女は眩暈《めまい》を覚えた。

「昨夜、ひと晩中かけて話し合ったことは、きちんと守らせていただきますので……覚えておられますよね？」

（こ、これって、脅されてる？）

美夏が返事に困っていると、横から祥子が答えた。

「神谷さんでしたよね。たった今、美夏から聞いたばかりなんですよ、小春ちゃんのこと。ひと晩中なんて、お兄さんは大変ですね。あ、でも、それなら別々の部屋を取らなくてもよかったんじゃ……？」

「ちょっと、祥子⁉」

祥子の言葉を聞き、瞬は含み笑いを浮かべて美夏をチラッと見た。

「ええ、一応、別々の部屋を取ったんですが……。いろいろ話し合っているうちに、結局、朝になっていましたね」

「まあ、そんなに話し合えば、ずいぶん親密になられたのかしら？」

「僕はそのつもりですが……美夏さんはどうですか？」

思わせぶりなやり取りのあと、唐突に話を振られる。

「わ、わたしは、親密なんて……こっ、小春のことで、話し合っただけですから」

「ええ、僕も〝小春さんの件で親密になった〟と言ったつもりだったんですが……。美夏さんは、どんな状況で親密になったと思われたんですか？」

美夏がクッと息を呑《の》んだ直後、瞬の左手が美夏の太ももに置かれた。

椅子から飛び上がるほど驚き、ごまかすためにアイスコーヒーのストローを咥《くわ》えて一気に啜《すす》る。

（偶然……なわけないわよね？　こんな場所で、祥子が目の前にいるのよ！　瞬ったら、いったい何を考えて……）

ほんの少し美夏をからかい、すぐに手をどけてくれると思っていた。

ところが、彼はその左手を動かし始めたのだ。手の甲と指先を使って、スカートの裾を少しずつ捲《めく》っていく。

美夏は瞬の手が届かない位置に両脚を動かすが……。

指先でスカートの裾を引っかけたままなので、よけいに捲れてしまった。

「――瞬！　あ、いえ……」

「なんですか、美夏さん？　ああ、そうだ。昨夜の、話し合いの続きをしたいんですが、明日のランチはご一緒できますか？」

昨夜の続きということは……。お昼の休憩中に呼び出して何をするつもりか、答えは明白だろう。

そのとき、美夏の中に過去の苦々しい思い出が浮かび上がってきた。

平日が休みの美夏は、武司のフライトに合わせて、たびたび空港まで呼びつけられた。有休を取ってまで駆けつけるよう、命令されたときもある。

武司は近くのホテルを取るでもなく、空港の死角を利用して……。

当時の美夏は空港ショップ勤務ではなかった。だからこそ、恥ずかしい求めにもしぶしぶ応じていたが、今は空港ショップの店長という立場がある。

美夏は彼の手を振り払う勢いで立ち上がった。

「お昼の休憩は……他の人を優先して、わたしは空いてる時間に取るんです。だから、お約束は、できないっていうか」

だが、きっぱり『できません』とは言えない弱い立場だ。

さらには、昨日の一件で、いつ本社から呼び出しがくるかわからない状況だった。

「き、昨日、空港内で騒ぎを起こしてしまいましたので……それに、個人的な都合でいきなり早退して、今日も遅刻だったんで……」

「だから？」

瞬は澄ました顔をしている。

（あなたが無茶を言ったせいじゃない！って言ってやりたいけど、そもそもは、わたしが馬鹿なことをしちゃったせいだし……）

「だから……クビになったら困るので、仕事はちゃんとしたいんです！」

彼の要求は言われなくてもわかっていた。

『全額払い終えるまで、あんたは俺の言いなりに抱かれる』

その言葉どおりにしなくてはいけないことも、充分にわかっているのだ。

「しゅ……いいえ、神谷さんもフライトの合間のお忙しい時間でしょう？　話し合いの続きは、こちらにステイのときがいいと思うんです」

「――本当に？　お腹の子供ためにも、話は早めに進めるほうがいいのでは？」

彼はそんなことを言いながら、美夏の腹部に思わせぶりな視線を寄越す。

全く避妊せずに抱き合った、昨夜のことが思い出される。このままいくと、小春と同じ時期に美夏まで出産を迎えることになるかもしれない。

だがその心配以上に、彼の白濁を受け止めたときの熱を下腹部に感じ……美夏は息が荒くなる。

頬を染め、うつむく美夏のことを案じたのだろう。

「ちょっと、美夏。そんな堅苦しいこと言ってないで、昼の休憩は当然の権利なんだから、別にパイロットの彼氏とランチを食べたって、誰も文句言わないわよ」

祥子はそんなことを言いながらテーブルから離れ、こっちに来いと合図する。

美夏がさっと近寄ると、

「遅刻早退の件は急病扱いにしておいたから、まあ、よっぽどのことがない限り、クビにはならないと思う。これって貸しだからね！」

「あ、ありがとう……」

「小春ちゃんのことは心配だろうけど、それはそれ、これはこれ、よ。元カレの呪縛を打ち破るには、同じパイロットと付き合うに限るわ！　頑張って！」

祥子の声援が胸に痛い。

おそらくは、小春の一件をきっかけにして、瞬から求愛を受けて戸惑っている、と思っているのだ。

（本当は違うのに。このまま彼に抱かれ続けて、本気で愛してしまったら……傷口が広がるだけだと思う）

だが、せっかくの祥子の気遣いを無視するわけにもいかない。

「あの……ランチでよければ、ご一緒させてください」

美夏は瞬に向き合い、応じることを伝えた。

すると、

「よかった」

彼は極上の笑みを浮かべながら、ひと言だけ口にしたのだった。

＊＊＊

美夏はドキドキしながら、タクシーから降りた。

小春の一件からちょうど一週間。瞬のO空港へのフライトは五回もあったのに、残念ながら一度もステイがなかった。

今日はやっと取れた休日に合わせて、瞬は帰省してくる。もちろん、耀と小春の妊娠についてきちんと話すためだ。

電話で近況報告程度の話はしており、両親にも耀の様子についてさりげなく探りを入れていると聞いた。

耀には、小春をどうするつもりか、今夜中に決断を迫るという。

話し合いの結果しだいで、両親にも伝えるつもりだ、と言っていた。

この数日間、毎日のように瞬と顔を合わせている。住所も勤務先も遠く離れているはずなのに、まるで同じ会社に勤めているかのようだ。

何より驚いているのは、三日にあげず美夏のもとを訪れるくせに、彼女にセックスを求めてこないことだった。

祥子の前でランチに誘われたとき、絶対にランチだけでは終わらないと思っていた。

だが実際は……。

美夏は安堵《あんど》する一方で、彼の本心が見えなくて不安ばかりが膨らんでいく。焦りだけでなく、苛立ちすら感じ始めていた。

(もし、今日も何もしてこなかったら？　あんなに、わたしの身体が気に入ったって言ってたくせに……。やっぱり、本当に妊娠していたら面倒だから、とか？)

全く誘われないことに、これほどのショックを受けるとは思わなかった。

ひょっとしたら、空港で……なんて破廉恥なことを想像していた自分が恥ずかしい。

自分はパイロットの制服に惑わされているだけだ、と思ってきた。武司のせいで、あの制服と欲情がイコールで結びついてしまっただけなのだ、と。人に見られそうなシチュエーションを、美夏が好んでいたわけではない。

そう思っていたのに……。

その前提が違うとしたら、美夏は本当にまともな恋愛も結婚もできないのではないかと不安になる。

(違うわ。そうじゃない。武司のときは、嫌で嫌でどうしようもなかったもの。でも、捨てられたくなかったから……じゃあ、今は……?)

あやまちの償いは金銭的なものだけでいい、と言われたら、それは美夏にとってありがたいことのはず。

それなのに、瞬に二度と触れてもらえないと考えるだけで、信じられないくらいショックを受けていた。

「おい、いつまでボーッとしているつもりだ? ほら、さっさとついてこい」

ふいに声をかけられ、美夏はびっくりした。

「いつの間に……」

ここはいつもの空港ではなく、O駅の西口。瞬はフライトではなく、新幹線に乗ってO市に帰ってきたのだった。

耀に話をする前に、最後の打ち合わせがしたい、と言われ、美夏は西口まで呼び出された。マイカーではなく、タクシーで来るように言われ、美夏は彼の言葉に従った。

タクシーから降りたあと、じっと西口の出入り口を見ていたつもりだったが、彼が出てきたのをうっかり見逃していたらしい。

それもそのはず、今日の瞬は制服ではなく、Tシャツにブラックデニムというラフな格好だった。

そんな彼の姿を見るなり、瞬しか目に入らなくなる。

「私服だから、全然気づかなかった。でも……デニムなんて着るんですね」

制服のイメージしかなかったため、普段着もスーツ姿を想像していた。

深い意味はなかったが、瞬の耳には〝不満〟に聞こえたようだ。

「悪かったな、制服じゃなくて」

「そんなつもりじゃ……」

「そっちが白いブラウスに赤いリボンを結んで、チェックのプリーツスカートを穿《は》いてくれたら、俺もパイロットのコスプレをしてやってもいい」

本物パイロットが制服を着てもコスプレとは言わないんじゃ……なんて思いつつ。

──数秒後、彼の言葉の真意に気づき、美夏は赤面する。

「そ、そ、それって……うちの高校の制服じゃない⁉　ど、どうして？」

「さあな。俺も地元だから、昔、可愛いと思っていた女の子の制服を口にしてみただけだ。ほら、先に行くぞ」

美夏が卒業した高校は市内の県立高校だ。

当時、特別に制服が可愛いという噂《うわさ》は聞かなかった。ただ、卒業して十年以上経っており、つい最近デザインが変わったという話を聞いたのはたしかだ。

（でも、瞬はわたしより二歳上なんだから、最近じゃなくて昔の制服よね？　あ、ひょっとして……）

三十歳を過ぎた男性が、十年以上前の女の子の制服を覚えている理由といえば、ひとつしかない。

美夏は彼のあとを追いかけながら、思いついたことを尋ねてみた。

「あの……うちの女子生徒と付き合ってたりしました？」

「気になるのか？」

否定しないということは、図星なのだろう。

「ちなみに、瞬は……あ、神谷さんは、どこの高校出身ですか？」

その問いに、サラッと市内トップの県立高校の名前が出てきた。

思えば、彼は地元の国立大学を卒業して、ＢＮＡの自社養成パイロットとして採用された人物。美夏とは比べものにならないくらい優秀なのだろう。

黙って信号を渡り、駅正面のビルに入ろうとする。

「ちょっと待って。わたしたち、どこに……」

入ってすぐ、一階にホテルのフロントが見え、美夏は口を閉じた。

「まさか、市内観光に行くとでも思ってたのか？　それとも、普通のカップルのようにデートしたかった、とか？」

新千歳空港のホテルで過ごした夜以外、瞬と顔を合わせるのは人前ばかりだった。

そのときの瞬は、礼儀正しく、誠実そうで……。それは、こういった関係になる前の、美夏がイメージしていた理想の彼そのものだった。

だから、勘違いしていた。

彼が口にした『最後の打ち合わせ』というのは、美夏を呼び出すための言い訳だろう、と。

そんなことにも気づかず、空港以外で彼と会うのだから、それにふさわしい格好をしなくては、と思った。

美夏は昨夜、三月まで勤務していたデパートの閉店時間ギリギリに飛び込み、ロイヤルブルーのシンプルなデザインのワンピースと、それに合わせたストラップサンダルを購入した。

勤務中は三センチ程度のヒールのパンプスしか履かない美夏が、背の高い瞬につり合うようにと、七センチもあるストラップサンダルを選んだ。

瞬はなんと言ってくれるだろう。

そんな気持ちでワクワクしていた気がする。

たしかに、『最後の打ち合わせ』は言い訳だった。だがそれは、美夏をホテルに誘うための言い訳。すべて彼女を抱くためで、それ以外の理由などない。

(馬鹿みたい……服装なんて、なんでもいいのよね。どうせ、すぐに脱がせるんだもの)

求めてくれない瞬に不安を感じ、求められたら『ああ、やっぱり』と思う。矛盾する感情をコントロールすることができず、美夏は自分の未熟さが情けなくなる。

そのとき、瞬が美夏の手を掴《つか》んだ。

指を絡め……恋人繋《つな》ぎをされて、驚いて彼の顔を見上げる。

「四階の展示室でイラスト展をやってるみたいだ。それでも、観るか？」

「え？　あ、あの……」

「行きたくないなら、無理にとは言わない」

「いえ、行きます！　でも、瞬……神谷さんは、かまわないんですか？」

美夏がホテルに入るのを渋ったと思われ、嫌々付き合ってもらうつもりはない。

「あんた……何をそんなにビクビクしてるんだ？」

瞬の指摘に、美夏はドキッとする。

彼の機嫌を窺《うかが》い、一挙手一投足を気にかけているのはたしかだ。それらはすべて、元カレ、武司との交際が影響していた。

武司との交際中、常に彼の機嫌を気にしていた。

少しでも怒らせたら、酷く罵られる。武司は手こそ上げなかったが、その代わり、言葉の暴力で美夏の心を何度も打ちのめした。

「それから、俺のことは瞬でいい。どうせBNAのスタッフは、俺があんたを孕《はら》ませたと思ってるわけだし……。空港の人間も、あの騒ぎは知ってるからな。隠すだけ無駄だ」

瞬はあっさりと言うが、そんな噂が広まってしまっても、かまわないのだろうか？

「あの、婚約するはずだった機長の娘さんとは……。誤解を解かなくていいんですか？

お付き合い、されていたんでしょう？」

「そんなに気になるのか？　ああ、俺が復縁すれば、慰謝料を払わなくて済むってことか」

「べつに、そういうつもりじゃ」

慌てて言ったあと、美夏は……だったら、どうして気になるのだろう、と考え込んでしまう。

だが、美夏が心配しなくても、とっくに美夏との関係は釈明しているはずだ。きっと、『馬鹿な女のせいで昇進をダメにされた』とでも言っているに違いない。

彼女が納得すれば、父親の機長にも取り成してくれるに違いない。

ということは、それまでの間、瞬は慰謝料代わりに美夏を好きにできると思っているだけ……。

「おいっ！」

スッと顔を覗き込まれ、瞬の顔が目の前に迫っていた。

「なっ、なんでしょう⁉」

「機長の娘を孕ませて、あんたとの約束を反故にすることはないから、心配するな。一応、言っとくが……俺は誰とでも、あんな危険なセックスをしてるわけじゃない」

そんなふうに言われたら、よけいに気になる。

美夏は思わず尋ねてしまう。

「じゃあ、どうしてわたしには……あんな、危険な真似を……？」

すると、彼はベッドの上で見せたような、思わせぶりな笑みを浮かべた。

「飛び込んできた獲物をどう料理しようと、俺の勝手だろう？」

それだけ言うと、瞬は美夏から視線を逸らせた。

意地悪な言葉とはうらはらに、どこか、切なげな目で美夏を見ているような……そんなふうに思えるのはどうしてだろう。

何も言えない彼女の手をギュッと握り、瞬は四階へと上がるエレベーターまで引っ張っていく。

美夏は彼の大きな手に包まれる感触が嬉しくて、そのまま黙ってついて行くのだった。


小一時間ほどイラスト展を観て回った。

可愛らしい女の子のイラストで知られる人気イラストレーターの作品が並んでいる。瞬がそのイラストを見て言ったことは……。

『どうせなら、ヌードのほうが楽しめるのに』

美夏は内心呆《あき》れつつ、それでいて『どうしてカッコいい男の子のイラストはないんだろう』と思っていたので、お互い様かもしれない、と苦笑した。

そのあと、ふたたび一階に戻り、瞬はホテルにチェックインする。

このビルに入っているのは、瞬の勤める会社と同じBNAグループのホテルだった。急に決めたことではなく、予約を入れていたことに美夏は驚きを隠せない。

いつも実家に戻っているとばかり思っていた。だがそれは美夏の思い込みで、実際はこういったホテルに泊まっていたのだろうか？

だが、瞬はそれを否定した。

「いつもは実家泊まりに決まってるだろう？　ただ、今夜は込み入った話をしなきゃならない。そうでなくとも、実家に女を連れ込めるかよ。ここに一泊する。言うまでもないが、あんたも一緒にな」

美夏にも外泊をしろと言うことらしい。

先週、いきなり北海道に泊まることになったとき、両親をごまかすのが大変だった。

美夏は二十九歳の立派な社会人だ。大学生の小春とは違い、外泊したところで、うるさく言われることはないが……。

（親と同居してる以上、理由も言わずに外泊はできないわよ）

前回同様、祥子を言い訳に使うしかないだろう。そんなことを考えているうちに、案内された部屋は十七階だった。

エグゼクティブ・スイートと呼ばれる部屋は、美夏が一度も泊まったことがないような、とびきり広いスイートルームだった。

入った瞬間、室内は眩《まぶ》しいほどの光で満たされていた。正面の大きな窓から、ふんだんに光が射し込んでくるせいだ。

壁と天井はオフホワイト、家具はブラウンで揃《そろ》えてあり、落ちついたブルーのカーテンが爽やかなアクセントになっていた。

窓際に立つと市内が一望できる。

住み慣れた町とはいえ、めったに見られない光景だ。美夏は感激して声を上げそうになる。

だがそのとき、

「たいした高さじゃないな」

ふと気づくと、瞬が真後ろに立っていた。

「それは……コックピットから見る景色に比べたら、たいしたことないかもしれませんけど……」

彼の吐息がうなじにかかり、美夏の身体はブルッと震える。ほんの少し背中を逸らせて、彼の誘惑から逃れるように身体を捩《よじ》った。

「どうした？　俺に抱かれるためにここまできたんだろう？」

掠《かす》れるような声が美夏の肌をなぞり、瞬の手がワンピースの裾をたくし上げていく。

「あ……待って、シャワーを」

「シャワー？　そんなものは後回しだ。この一週間、焦らし続けたから、すぐにでもブチ込んで欲しいんじゃないか？　ほら、正直に言えよ」

淫らな言葉に煽《あお》られ、下腹部に熱が生まれる。

そんな美夏の反応に、瞬は気づいたのだろう。ふいに背中から押されて、美夏は前屈みになり、窓ガラスに手をついた。

ストラップサンダルからすらりと伸びた生足が、徐々に露わになり……。

臀部《でんぶ》を撫《な》で回していた瞬の手が、白いショーツの中に滑り込んでくる。

「やっ……ああっ！」

割れ目をなぞり、蜜穴の入り口にたどり着く。

長い指がゆっくりと美夏の体内に入ってくる。グジュッと淫らな水音が、明るいスイートルームに響き渡った。

「待って……こんな、窓際じゃ……外から、見られて」

「この辺りで十七階を覗けるビルなんかない。そんなことより、新千歳で俺に抱かれてから、ずっとこうして欲しかったんだろう？　触る前からショーツがびしょ濡《ぬ》れだ」

「そんなこ、とっ……あっ、あ、あ……あぁーっ！」

美夏が否定しようとした瞬間、激しく指を抜き差しされ――彼女の躰が、瞬の問いに『イエス』と応えていた。

まだ指を入れられただけなのに、彼の愛撫を待ち焦がれていた躰の奥が収縮して、軽く達してしまう。

秘所がふわっと熱くなり、蜜壺《みつつぼ》から溢《あふ》れ出た液体でショーツをさらに濡らしていくのを感じた。

「潮まで吹いて……いや、ひょっとして、感じ過ぎて漏らしたのか？」

「ちが……あっ、くっ！」

声にする余裕もないままに、彼女の膣内《なか》に二本目の指が挿入される。

二本揃えて激しく蜜襞《みつつぼ》を掻《か》き回され、背筋がゾクッとした瞬間――快感の波に攫《さら》われていた。

窓ガラスにもたれかかるようにして、美夏は自分の身体を支える。そうしていなければ、

その場に座り込んでしまいそうだ。

美夏が荒い息を整えていると、濡れたショーツを膝まで引き下ろされた。露わになったその場所に、瞬の昂《たかぶ》りが押し当てられる。彼はゆっくりとソレを上下させ、溢れ出た蜜を彼自身になすりつけた。

「ほら、言えよ。コレを入れて欲しいんだろう？　慰謝料なんて関係なく、ずっと俺に抱かれたかったって、正直に言ってみろ」

彼の言うとおりだった。

この一週間、焦らされ続け、何度も新千歳空港のホテルで抱かれたときのことを思い出した。そのたびに美夏の躰は疼《うず》いて……彼に求められたくて苦しかった。

その思いが溢れ出てきて、

「あなたに……抱いて、ほしかった」

迸《ほとばし》るように口にしていた。

すると瞬は、はち切れそうな先端をほんの少し蜜穴に沈め、浅い位置でグルグルと掻き回してくる。

美夏の胸で切なさと悦びがない交ぜになり、無意識のうちに涙で眼下の景色が滲《にじ》む。

「それだけか？」

「もっと……奥まで、入れて……あなたので、いっぱいにして……おね、が……ぃ、あぁーっ！」

彼女が恥ずかしい言葉を口走った直後、呼応するように瞬は腰を突き上げてきた。

あっという間に、美夏の躰はいっぱいになる。

指とは比べものにならない充足感が広がっていく。あまりの心地よさに、下肢が小刻みに痙攣《けいれん》して、膝から崩れ落ちそうになった。

「ああ……やっぱり、だ。あんたの躰は最高に気持ちいい」

深い吐息とともに、瞬の口からそんな言葉が漏れ聞こえ……。

先ほどとは違う涙が浮かび、胸が熱くなってくる。

その間にも、ワンピースのファスナーを下ろされ、上半身を脱がされながら胸を揉《も》みしだかれた。形が変わるほど強く摑まれたり、頂だけを軽くこすられたり――リズミカルな動きに、繋がった部分とは違う快感が全身に走る。

抱き合う悦びに、こんなにもたくさんの種類があるなんて、二十九年間、美夏は知らずにいたのだ。

次の瞬間、蜜窟の天井をグンと突き上げられ――。

美夏は頤《おとがい》を反らせて泣くように叫んでいた。

「瞬……瞬……わたし、も……う、ダメェーッ！」

躰の奥がキュウッと縮む。

美夏はそのまま、窓ガラスを伝うようにして、しゃがみ込んでいた。そして、かろうじて上半身を支えるために、床に両手をつく。

「ひと突きで達《い》ったのか？　まったく、感じやすい躰だな。美夏――昔の男にも、こんなに感じてたのか？」

初めて名前を呼び捨てにされ、それだけで彼女の躰は高まってしまう。

「ん？　奥がピクピクと震えたぞ。これが返事ってことなら……」

「違う……の。そうじゃ……なくて、瞬に……初めて、名前を呼び捨てにされた、か……らぁっ、あ、あぅ」

武司ともこんなセックスをしていたとは思われたくない。その一心で、慌てて訂正したのだが、瞬はどう思ったのか、ふいにピストン運動を速めた。

立ったまま背後から貫かれていたのが、美夏が床に手をついたあと、膝までついてしまったので、今は四つん這《ば》いだった。

彼もそれに合わせて腰の位置を下げ、膝立ちになっている。

逞《たくま》しい雄身に蜜襞をこすられ、何度達したかわからないくらいになったとき――突然、両膝の裏から抱え上げられたのだ。

「きゃっ！　やっ、やだ、やめて……こんな、恥ずかしい……やぁっ！」

それは、子供にトイレをさせるような格好だった。

しかも挿入されたまま、窓ガラスに向かって開脚させられている。十七階なので覗かれることはない、とわかっていても恥ずかしい。

羞恥のあまり、全身が燃えているように熱くて堪らなかった。

「前がガラスじゃなくて、鏡ならよかったんだがな。でも、こうすると見やすいだろう？　ちょっと下を向けば、繋がっている部分が丸見えだ」

「そんなの……み、見なくても……」

瞬がどうしてこんなことをするのか、美夏にはわからない。

たしかに興奮はするが、彼に名前を呼ばれて抱きしめられるほうが、心地よさは十倍、百倍も違う。

（わたしが嫌がったり、恥ずかしがったりするのを見たいの？　瞬は……男の人はそういうのが好きなの？）

武司も強引だったが、彼は美夏の反応は気にしていなかったように思う。ただ、自分が気持ちよくなるため、彼の性欲を解消するためだけのセックスだった。

でも瞬は、こうやって美夏を辱めて、その反応を見て楽しんでいる。

これが普通なのかどうか、彼女の数少ない経験では判断できなかった。

「今、自分を貫いている男が誰か、しっかり見ろ！　あんたが誰のモノになったか、触って確かめてみるんだ」

促されて、ふたりが繋がっている部分におずおずと手を伸ばす。

太くて硬い肉棒が、自分の躰に突き刺さっている。目をやると、蜜窟から泡立つような愛液がにじみ出て、雄身をぐっしょりと濡らしていた。

美夏の鼓動はしだいに速まり、息遣いが荒くなる。

「わかったから……わたしは……あなたのモノです。だから、もう……これ以上、苛めないで」

「苛める？　こんなに可愛がってやってるのに？」

そのままの格好で、瞬は彼女を突き上げ始めた。

彼に持ち上げられたスタイルなので、美夏からは動くことができない。ギリギリまで引き抜かれ、ふたたび最奥を突かれる。されるがままになっているだけだ。

それを数回繰り返したあと、瞬は「クッ！」と短い声を上げ、息を止めた。

張り詰めた雄身に筋が浮かび、ピクンピクンと震えるのが見える。それは、美夏の躰の奥に白濁のシャワーが降り注がれた瞬間だった。

（やだ……やだ、これって、やっぱり、気持ちよくて変になりそう）

一週間前、初めて男性の体液を子宮で受け止めたときのことを思い出す。その危険な感覚は、美夏をさらなる高みまで押し上げたのだった。

第四章　運命は嘘をつく

瞬と駅前のホテルに泊まった翌日、勤務中に小春から電話がかかってきた。

その電話を、美夏はビクビクしながら受ける。

小春には、瞬がいつ、耀と話をするつもりか、具体的なことは何も伝えていない。期待させて上手くいかなかったときのことが怖いからだ。

（だって、身重の小春にショックは与えたくないもの。男の人が信用ならないのは、嫌っていうほど経験してるし……）

昨夜、瞬は一旦実家に戻り、二時間ほどで美夏の待つホテルのスイートルームに帰ってきた。

『悪い話にはならないと思う。明日には、耀のほうから小春さんに連絡を入れるはずだ。とりあえず、奴の顔を立てて、あと一日だけ待ってやってくれ』

そんなふうに言われ、美夏は彼の言うとおりにするしかなかった。

もしこのまま、小春の件をいつまでも引き延ばされたら……。困るのは美夏ではなく、小春なのだ。

瞬のことは、数ヶ月の間に信頼に足る人だと思い始めていた。

だが今は……。

（小春のことだけじゃなくて、わたし自身も……本当に妊娠したら、結婚なんて冗談に決まっている、なんて言われて捨てられるかもしれない）

最悪のケースに至ったとき、母に与える衝撃はどうすればいいのだろう。美夏はそのときのことを想像するだけで、逃げ出してしまいたくなる。

しかし、小春の電話はそんな不安を打ち消してくれるものだった。

『お姉ちゃん？　あのね、今……瞬、あ、違った。耀さんから連絡があったの。嘘《うそ》をついたことが後ろめたくて逃げてしまったけど、あたしを好きな気持ちは本物だから、ちゃんと将来のことを話し合いたい、って』

そう聞いた瞬間、美夏はホッとして胸を撫《な》で下ろした。

（よかった。瞬はちゃんと約束を守ってくれたんだわ。本当によかった）

安堵《あんど》しつつ、疑っていたことを申し訳なく思い始める。

『よかったわね。耀さんの仕事のことは聞いてるわ。でも、子供のためにも、きちんとケジメはつけなさい』

思わず、『ちゃんと言えないならお姉ちゃんが一緒に行って……』などと、よけいなことを言ってしまいそうになる。

だが、小春は母親になるのだ。いつまでも、『お姉ちゃん』が出張るわけにはいかない。

美夏がそんなことを考えて、言葉を呑《の》み込んだとき、電話口からとんでもない言葉が聞こえてきた。

『えーっと、その件なんだけど……ごめん、お姉ちゃん！　彼から電話がきたとたん、始まっちゃったの……アレ。赤ちゃん、できてなかったみたい。お姉ちゃん、心配かけてホントーにごめんね』

美夏は開いた口が塞がらない。

産婦人科で受診まではしていなくても、妊娠したと口にする以上、市販の妊娠判定薬で調べるくらいのことはしているはずだ。

小春に相談を受けたとき、美夏はそう考えた。

ところが、よくよく聞いてみると、単に生理が遅れていただけだった。その事実に、小春に対して、怒りを通り越して脱力感でいっぱいになる。

相談を受けたときに、きちんと確認すればよかったのかもしれない。

でも、あの直後、瞬との間にいろいろなことが起こり、美夏自身が自分のことでいっぱいいっぱいになってしまった。

美夏がそんなことを考えている間、小春は嬉《うれ》しそうに話し続けている。

今日、耀と会う約束をした。耀は失業で自信をなくし、つい兄のフリをしてしまった、と自ら釈明したという。

だが、小春は騙《だま》されたと言って、彼を責めるつもりはないと話す。

『あたしだって最初は、パイロットっていう肩書きに惹《ひ》かれたようなもんだから。でも今は、肩書きなんてどうでもいいから、彼のことが好きって思えるの。だから、もう一度〝はじめまして〟から始めたいなぁって』

『わかった、わかった。でも、妊娠なんて騒動はもう勘弁してよ。次からは、ちゃんと避妊してもらうこと。それと、相手の身分証を確認してからエッチしなさい』

偉そうなことを言いつつ、美夏自身は、昨夜も溢《あふ》れ出るほど大量に白濁の液体を注ぎ込まれた。

思い出すだけで、美夏の頬は熱くなる。

『やだ、もう。お姉ちゃんたら！　はーい、了解です』

姉の心の内など当然知らず、小春は陽気な声で返事をした。美夏もそんな妹の返答に、自然と笑みがこぼれたのだった。

「いらっしゃいませ！　あ……店長、店長！」

美夏がレジに立っていると、パートの女性が走り寄って来て、入り口を指差した。

自動ドアが開き、入ってきたのは瞬だった。

こちらに帰ってくるときは新幹線だったが、今日は午後の便に乗務して、東京に戻る予定と聞いている。そのため、昨日と違っていつもどおりの制服姿だ。

デニムを穿《は》いたラフな格好を見たあとで、パイロットの制服を着込んだところを見たら、いっそうときめいてしまう。

(どっちも素敵……パイロットの中で、ううん、わたしの出会った男性の中で、瞬が一番カッコいい)

今朝は同じベッドで目を覚ました。

美夏の身体で、彼の指が触れてない場所はない。そんな相手だと思うと、どうにも気恥ずかしくて……。

美夏は彼から視線を逸らしてしまう。

「店長、もうお昼休憩に行ってくださってかまいませんよ」

そんな美夏の様子に、パートの女性からはフフッと笑いながら言われる。

この一週間、瞬が顔を出すたびにこんな調子だ。

「でも……まだ、祥子が戻ってないから」

「平気ですよ。どちらかがお休みのときは、私たちだけでやってますし……」

実を言えば、瞬がこの時間に美夏を誘いにくることはわかっていた。

今朝、ホテルで別れるときに言われたのだ。

『昼の一時を回ったころに迎えにいく。だが、今日はランチだけで済むと思うな』

ランチだけで済まないということは……。

いろいろ期待してしまうが、休憩中とはいえ空港は美夏にとって仕事場だ。ランチ以上のことを求められても、断るべきだろう。

だが、今朝、空港にきたあとで、美夏のほうにも瞬に会いたい理由ができた。

ひとつは小春の件である。電話があって、妊娠の心配がなくなったことを知らせなくてはならない。

そしてもうひとつ、問題を起こしてから今日まで、いつ本社に呼び出されるかビクビクしていた。だが今朝、空港事務所の人と正面から顔を合わせ、その心配がないことを聞かされたのだった。

『ＢＮＡの神谷コーパイから聞きましたよ。痴話ゲンカですって？　どうか、これ以上の騒ぎにはしないでください、と言われたんで、報告はしませんから安心してください。でも、間違っても刃傷沙汰《にんじょうざた》は起こさないでくださいよ』

そう言って、空港事務所の人は笑っていた。

まさか瞬が、そんなことまで気遣ってくれていたとは思ってもみなかった。

美夏を抱くときの荒々しい瞬とは違い、時折見せる優しさが、彼女の心を激しく揺さぶる。それは美夏がふたりの関係を、償いのためではなく、本物の恋人同士のように思えてしまうくらいに……。

そのとき、いつもと同じような品を、瞬はレジまで持ってきた。

「あの……ありがとうございました」

「まだ、清算を済ませていませんが」

ふたりのやり取りが聞こえる位置にいるパートの女性を気にしたのか、瞬はこれまでと同じ笑顔を見せ、丁寧な口調で返してきた。

「いえ、妹の件です。今朝、耀さんから連絡があったと、電話がかかってきました。それから……」

美夏は声を潜めて「ホッとしたせいか……始まったそうです」少し頬を赤らめながら、

肝心なことを伝える。

「それはよかった」

瞬も安堵した様子だ。

しかし、最後の商品を手に取ろうとしたとき、美夏はびっくりするあまり、摑《つか》み損ねてしまう。

「おっと、落とさないでくださいね。これからすぐに使うと思うので……あんたが」

小さなパッケージに入った女性用の下着——シンプルな白いショーツを拾い上げ、美夏に手渡す。

最後のセリフだけ、声を潜めて言った。

「し、失礼いたしました」

慌ててレジを通し、袋に入れた商品を差し出す。

すると彼は、さりげなく美夏の手に触れながら商品を受け取り、さらには身を屈めて彼女の耳元でささやいた。

「デキてなかったってことは……これで、あんたの罪はよけいに重くなるな。送迎デッキで待ってる」

お釣りを落としそうになった彼女の手を、瞬はギュッと摑んだ。

その瞬間、心臓が激しく鼓動を打ち、店から出て行く彼の後姿を、見送ることもできない美夏だった。


三階にある送迎デッキに上がると、すぐのところで瞬は待っていた。

そのまま、人目を避けるようにして紳士用トイレに連れて行かれ……ふたつ並んだ個室の奥のほうに押し込まれる。

「ちょっと……瞬、こんなところで、なんて」

彼は美夏を背後から抱きかかえるようにして、指はすでに彼女の制服のボタンを外しかけていた。

上から、ふたつ、三つとボタンを外していき、そこからスルッと手を忍び込ませた。

大きな手でゆっくりと胸を揉《も》みしだいていく。甘い愉悦に身を委ねそうになったとき、もう片方の手がタイトスカートの裾を掴んだ。

ハッとして我に返り、美夏は彼の手を押さえて止めようとするが、

「好きなんだろう？　こういう場所が」

その言葉にドキンとした。

「本当はランチじゃなくて、こういうセックスを求めてたんだろう？」

「そ、そういうつもりじゃ……」

そこまで言いかけて、本当に『そういうつもり』がなかったかどうか、美夏の中に疑問が浮かんできた。

最初にラウンジで触られたときのように、仕事場である空港の施設内で、瞬から強引に求められることを望んでいたのではないか。武司に呼び出され、強引に抱かれたときのように……。

そんなふうに考え始めると、どうにも止められなくなる。

美夏が黙り込んだとき、背後から吐き捨てるような声が聞こえてきた。

「わかってたよ。だから、あんたの期待に気づかないフリをして、わざと紳士的に振舞ってやったんだ。でも……もうやめにする」

「それって、どういう意味？」

「答える必要があるのか？　ここに連れ込んだとたん、あんたの目は期待に潤んだくせに……いや、潤んだのはこっちか？」

瞬から『ここに連れ込んだとたん』と言われ、ふいに思い出した。

そういえばこのトイレの個室には、武司に何度か連れ込まれた覚えがある。瞬までもが同じことをするなんて、パイロットたちの間で穴場にでもなっているのか、と美夏は馬鹿なことを考えてしまう。

過去が頭をよぎり、美夏の気が緩んだ瞬間――スカートの裾が乱暴に捲《めく》り上げられた。露わになったショーツの上から、瞬の手が敏感な場所をなぞり始める。

「あっ……やっ、ああっ」

「おいおい、いくら人があまりこない場所でも、大きな声は上げるなよ」

美夏はその命令に従えるかどうか自信がなかった。

なぜなら、瞬は触れただけで、彼女がこれまで知らなかった世界に連れて行ってしまうせいだ。

「昨夜……あんなに、いっぱいしたくせに。何もこんな……空港で、しなくても……や、あ、あぁ、はぁうっ」

薄い布地越し、瞬の指がそろそろと秘所を這《は》う。彼は花びらの奥に潜む淫芽を見つけ出し、キュッと抓《つま》んで、指先で捏《こ》ね繰り回した。

その瞬間、美夏の身体はピクンと跳ねる。

「それはこっちのセリフだ。ひと晩中、啼《な》かせてやったのに、なんだこの蕩《と》け具合は？しかも、ショーツの上から触ってるだけなのに……いやらしい女だな」

悔しくて、恥ずかしくて、それなのに瞬の手を押しのけることができない。

彼の指は執拗《しつよう》に花芯を責め続け……。

美夏は息も絶え絶えになり、懇願するように口を開いていた。

「も、ダメ……声が出そう……お願い、キスして」

上半身を捻り、瞬の顔を仰ぎ見る。

美夏の手が瞬の顎を撫で、少し開いた唇に触れそうになった瞬間――。

「断る。あんたに……キスはしない」

冷たく言うと、彼は美夏の身体を突き放した。

美夏は茫然自失《ぼうぜんじしつ》で個室の壁にもたれかかる。そんな彼女を見て、憐《あわ》れに思ったのだろうか。瞬は濃紺のネクタイを緩めながら、彼女を見下すようなセリフを口にした。

「いや、そうだな……俺が好きだ、愛してるって言えよ。だったら、キスしてやってもいい」

片頬だけに笑みを浮かべ、その目はまるで、美夏を蔑んでいるようにも見え……。

（もう、やだ、傍にいたら惹かれていく一方なのに……。抱かれるたびに、好きになっていくのに。それはわたしだけなの？）

瞬の与えてくれる快楽に、美夏が溺れているのはたしかだ。

彼にもう一度同じ愛撫をされて、絶頂の手前で『言え』と命令されたら、そんなセリフでも口にしてしまうだろう。

あるいは、『言わないなら二度と抱かない』と言われたら……。

美夏はまた、現地妻と同じ扱いをされることになる。

いや、今度の場合は現地妻以下だろう。瞬のことを愛していると認めたあとで、彼からそんな扱いをされたときは、もう立ち直れない。

美夏は震える身体を抱きしめながら、彼に背を向けたまま答えた。

「愛……してるなんて、言いません。だってわたしは……あやまちを償うために、抱かれてるだけだもの。簡単に堕ちるわたしが面白いのかもしれないけど……それでも、愛だけは口にしませんから！」

背後で瞬が息を呑む。

伝わってくる驚愕《きょうがく》の気配が、しだいに怒りへと変わっていく。

これまでとは比べものにならないくらい、彼を怒らせてしまったかもしれない。酷く罵られることを覚悟して、美夏は息を止めた。

(それでも、いい。ううん、そのほうがいい。愛してるなんて言って、蔑まれながら抱かれるよりも)

ところが、聞こえてきた瞬の声は、怒りではなく絶望に近かった。

「まだ……あの男に惚《ほ》れてるわけか？　あんな、クソ野郎のどこがいいんだ⁉」

それは意味のよくわからない言葉だった。

「あの男？　それって誰のこと……きゃ！」

尋ねようと振り返った美夏の腕を掴み、彼は体重をかけて背中から壁に押しつけた。

少しずつ、瞬の顔が近づいてきて……。

「あんたに、この制服で抱かれる悦びを教えた男——福田武司だ。奴と、このトイレでもヤッたんだろう？　あんたとどんなセックスを楽しんだか、福田から嫌ってほど聞かされた……パイロットの格好で迫れば、誰にでも脚を開く女だって」

美夏は目の前が真っ暗になった。

眩暈《めまい》を感じて、そのまま倒れてしまいそうになる。

まさか……瞬の口から武司の名前が出るとは思わなかった。

（会社が違うのに……どうして？）

そのときハッと気づいた。

瞬はＯ市の出身で、大学も地元の国立大学を卒業している。一方、隣の県からやってきた武司は、Ｏ市でひとり暮らしをしながら国立大学に通っていた。

しかも、ふたりとも美夏の二学年上、ということは……同じ大学の同級生だったのではないか？

そこまで考え、美夏は自失の体で口を開いていた。

「武司から……聞いていたの？　だから、わたしにあんなこと……」

瞬には知られたくなかった。

美夏が武司から、どれほど虐げられていたのか。そして最後には、いらなくなったオモチャのように捨てられてしまったことを。

それなのに――。

『あんたとどんなセックスを楽しんだか、福田から嫌ってほど聞かされた』

瞬は、武司とは全く違うと思っていた。それなのに、遊んで捨てた女の話をするほど、ふたりが親しく付き合っていたなんて。

だから瞬は美夏に対して、セクハラなどおかまいなしの行動に出たのだ。

たとえ好意は持っていなくても、自分と対等だと思える女性に、あんな態度は取らないだろう。それにも気づかず、一週間焦らされ続けたせいで、『わたしは……あなたのモノです』なんて、言ってしまった。

「もう、気づいてるだろう？　俺と福田は大学の同級生だ。会社は違うが、パイロットなんてやってると、空港で顔を合わせることは多い。そのたびに、得意気に話してくれたよ。あんたは、奴の言ったとおりだった。あんな無茶な要求にも、この制服さえ着て見せれば、喜んで俺のあとをついて来るんだから……」

「ち、違うわ……制服だからじゃ」

美夏はそれ以上口にすることができない。

自分でもよくわからないのだ。それも、瞬に抱かれて、さらに混乱している。

武司にあんなに夢中になったのは、彼が初めての男性で心も身体も許していたせいなのか。それとも、ただただ制服に惹かれたからか……。

直後――瞬は濡《ぬ》れたショーツを片足だけ脱がせ、美夏の片方の太ももをグイと持ち上げた。

いつの間にズボンの前を寛がせたのだろう。彼は屹立《きつりつ》した下半身で美夏の脚の間に割り込み、グッと腰を突き上げてきた。

「待って……待って。もう嫌、やめてっ」

「何が嫌なんだ？　あいつに抱かれていると思えばいい。同じパイロットの制服だ。文句はないだろう」

瞬の欲望が凶器のように感じる。

美夏の身体に突き刺さり、心ごと引き裂いていく。

脅迫めいた言葉を受け入れ、言いなりにならなければよかったのかもしれない。だが、瞬の近くにいたかった。

最初に新千歳空港まで呼び出されたとき、本当は何をされるのかわかっていた。

それでも彼の言うとおりにしたのは、あれ以上、遠くから眺めているだけではいたくなかったから……。

荒い息とともに立ったまま体内を掻《か》き回され、堪えきれずに美夏は瞬に抱きついた。

「瞬……瞬、もっと。お願い……キスして」

前から抱き合い、激しい抽送を繰り返す。ふたりはひとつになり、隙間もないほど密着しながら、彼は決して美夏にキスしようとしない。

それが切なくて、『愛してる』と叫びそうになる口をギュッと引き結んだ。

その瞬間――。

「クソッ！」

瞬は舌打ちしながら短く叫び、美夏の膣内《なか》からズルッと引き抜いた。

雄身は小刻みに震えながら、白濁の欲情を美夏の内股に吹きつける。伝い落ちる白い残渣《ざんさ》を目にしたとき、美夏は信じがたいほど落胆していた。

（わたし、瞬の赤ちゃんが欲しかったんだわ。瞬と結婚したくて、罠《わな》に嵌《は》めたって言われてもかまわないくらい、この人の傍にいたかった）

だが、瞬がそれをやめたということは、彼の気持ちが変わったということに他ならず。

美夏に彼の心変わりを引き止める術はなかった。

数分後――。

身支度を整え、ふたりは紳士用のトイレをあとにしていた。

あんな場所にいつまでも籠もってはいられない。人目を避けるようにして出たあと、そのまま送迎デッキに向かう。

なるべく人のこない場所を選んで立ち止まると、美夏はおもむろに口を開いた。

「武司……福田さんに何を聞いたのか知らない。でも、あの人と付き合い始めたのは彼が大学生のときよ。最初から制服なんて……」

「知ってる。合コンのあと、あんたのバージンをもらったって、俺のとこに電話してきたからな」

それは胸の痛みを吐き出すような声だった。

彼がどうしてそこまでつらそうなのか、美夏には見当もつかない。

(あんな恥ずかしい過去を、瞬に知られていたことがわかって、苦しいのはわたしのほうなのに)

美夏が苦々しい思いで彼の顔を見上げると、瞬もこちらを見下ろしていた。

「あんたを……紹介して欲しい。あんたを呼んでくれるなら、合コンに参加する。そう言って頼んだのは……この俺なんだ」

痛々しいほどの傷ついた視線に、美夏は息を呑んだ。

「……嘘」

それ以上、何も言えない。

そんな彼女に背を向け、瞬はフェンスに向かって歩いていく。

「だって、あの合コンに、あなたはいなかったでしょう？　自分から言い出したなら、どうして、出席しなかったの？　どうして、そんな……昔のことを今さら……」

美夏は十年前のことを必死で思い出そうとした。

あのとき、友だちから紹介される前に、武司のほうが美夏に声をかけてきた。だから、彼が『航空会社にパイロットとして採用の決まった人』だと思い込んでいた。

事実、彼はＪＡＴ――ジャパン空輸（Japan Air Transport）に採用の決まったパイロット候補だったし、美夏を名指しした理由を尋ねたとき、否定しなかった。

たしか、『秘密だよ。そのほうがロマンティックだろう？』そう切り返されたことを思い出す。

まさかこの瞬が美夏を呼んで欲しいと言っていた人だなんて、とても信じられない。

第一、もう十年も前のことだ。仮に事実だとしても、学生時代の思い出のひとつとして、笑い話になるくらいの時間が過ぎている。

「十年前のことがあったから？　だから、わたしはあなたのモノなの？　それを、直前で友だちに奪われてしまったから……」

「あんな野郎は友だちじゃない！」

「……瞬？」

彼は美夏の言葉を奪うように叫んだあと、悲しく微笑んだ。

「福田もＢＮＡのパイロット志望だった。でも、教授は俺を学部から推薦して……。ふたりは無理だし、仮に試験を受けても俺より成績は落ちるから合格は難しい。そう言われて、奴はＪＡＴを受けたんだ――」

当時、航空会社が自社でパイロットを養成していたのは、この二社だけだった。しかし、ＪＡＴは経営悪化の情報が流れていて、大日本航空の人気が上昇していた。

結果的にふたりとも採用され、大学側は大喜びだったという。

だがプライドの高い武司は、自分が瞬に劣るはずがない、BNAを受けたら自分も受かっていた、と周囲に言って憚《はばか》らなかった。

推薦してもらえなかった不満なら、大学や教授に向かうべきだが、武司はそれを瞬に向けた。

共通の友人から瞬のこと聞き出し、瞬が地元を離れる前、二年以上片思いしていた女の子に告白する、という話を知り――。

「俺はそこまで、福田に恨まれてるとは思ってなかったんだ。だから、合コンが一日ずれたという嘘を真に受けた。その間に、奴はあんたのことを……」

口を濁す瞬を見て、美夏は少し前に言われたことを思い出した。

『合コンのあと、あんたのバージンをもらったって』

武司はそんな電話を瞬に入れたという。

だがそれは、真実ではなかった。

「違うわ！　告白されて、有頂天になってたけど……合コンの夜に、なんて。今のわたしからは、信じてもらえないかもしれないけど、あの夜は……キス、されただけ」

美夏にとっては、キスすら初めてだった。交際をＯＫしたのも、次のデートだったように思う。

そのことを告げると、瞬は頭を抱えて笑い始めた。

「なるほど。俺は、とんだピエロを演じていたわけだ。笑うしかないな」

「待って！　そんなの、信じられない。だって、どうして？　武司にも何度か聞いたけど、答えてくれなかった。でも、瞬だって同じじゃない。わたし、合コンに出たのだって、あの日が初めてだったのよ。他に瞬の大学と接点なんて……」

美夏は彼の目をみつめて、縋《すが》るように尋ねる。

すると、瞬は観念したように、ポツポツと語り始めたのだった。

＊＊＊

瞬が美夏と初めて話したのは、彼女が高校三年の夏――。

市内外の受験生が見学に訪れる、オープンキャンパスの日だった。

瞬は工学部の二年で、その日はオープンキャンパスのための特別企画を手伝わされていた。

　ソーラーカーを使った実験だったが、運の悪いことに朝から雨。当然のように実験は上手くいかず、人も集まらない。

『俺さ、彼女の妹が受験生なんだ。案内してやるって約束してるから、ちょっと外してもいいよな？　どうせ雨だし、誰もこないって』

『あっ、あたしも。弟が受験生なの。親から頼まれてるんだ。ごめんね、神谷くん』

　そう言って席を外した先輩たちは、結局、戻ってくることはなかった。

　長男気質とでも言えばいいのか、瞬は器用なやり方ができない。要領が悪く、いつも貧乏くじを引いている。

　この特別企画のときもそうだった。

　成績はよかったが、大学に残るつもりもなく、地元の企業に就職するつもりもない。そんな瞬にとって、研究室が主体となる特別企画に参加する意味はあまりなかった。

　瞬は大学に入る前から、パイロットを目指していた。航空会社の採用試験を突破するためには、大学の勉強だけではとうてい足りない。まだ二年生ではあったが、夏の間は採用試験に向けての勉強をする予定を立てていた。

　だが、頼まれたら嫌と言えない彼は、手伝いだけのつもりが……気づいたときには、特別企画の主要メンバーになっていたのだ。

しだいに強くなる雨の中、誰も戻ってこないため、瞬はひとりで撤収作業をする羽目になった。

頭にタオルを巻き、ランニングシャツとジャージのズボンを穿いた彼は、どう見ても大学生というより、工事現場の作業員のようだ。

機器類だけは濡れないようにしっかりと包み、担ぎ上げたら……当たり前だが傘など差せないことに気づく。

工学部の研究棟まではかなりの距離がある。走って行けばそうかからないかもしれないが、担いだ荷物はけっこう重く、とても走れそうにはない。

とはいえ、雨合羽の用意などしておらず……あきらめて、濡れて行こうと一歩足を踏み出したときだった。

『あの……傘を差したまま、ついて行きますね』

顔を上げた瞬の目の前に、晴れた空が広がっていた。

それが、制服姿の女子高生が差した傘の色であることに気づいたとき、彼は何を言えばいいのかわからなくなる。

『……どうも』

軽く会釈して、口の中でもごもごと言うくらいしかできず。

彼女はそんな瞬に話しかけるでもなく、ただ、工学部の研究棟まで傘を差したまま、ついて来てくれたのだ。

並んで歩く間、瞬は気づかれないようにチラチラと彼女のほうを見た。

全く手を入れていないような、綺麗《きれい》な真っ直ぐの黒髪をしている。肩の辺りで切り揃《そろ》えられていて、雨のせいか数本が白いうなじに張りついていた。

それが妙にセクシーで、ただ歩いているだけなのに、鼓動が速まってくる。

唇はピンク色でふっくらとしていた。

だが、唇より上に視線を向けることができない。もし、目が合ってしまったら、なんと言えばいいのだろう。困り果ててしまうのがわかるだけに、瞬は自分が情けなかった。

上を見ることができないならと、視線を下ろしてきて、制服の胸元辺りを凝視してしまい……。

瞬は慌てて前を向いた。

トクトクトクと心臓の高鳴りが、なぜか心地よい。

ほんの少し前まで、雨に降られて最悪だと思っていた。ひとりで片づける羽目になった自分は、なんて運が悪いんだろう、と。

それが今は、この雨と、戻ってこなかった先輩たちに感謝したいくらいだ。

このままずっと、研究棟にたどり着かなければいい。そんなことを考えたとき、研究棟の入り口が見えてきた。

女性の扱いに慣れた男なら、馬鹿正直にそこがゴールだと告げたりはしないだろう。

いや、それ以前に、相合い傘の数分間で、名前や高校くらいは聞き出した上で、携帯電話の番号を交換する約束くらいはしているだろう。

『じゃあ、わたしはここで……』

そう言われたとき、初めて正面から彼女の顔を見た。

瞬が百年修業しても敵わないくらいの、優しさがにじみ出た柔らかな笑顔だった。ずっと見ていたい。ずっと、自分の隣で微笑んでいて欲しい。

会釈して立ち去っていく彼女の背中に、瞬は必死で声をかけた。

『あのっ！』

立ち止まり、振り返ってくれた彼女の顔を見た瞬間、頭の中がホワイトアウト状態に陥ってしまう。

『あ……ありがとう』

瞬が口にできたのは、たったそれだけだった。

＊＊＊

美夏は彼の話を聞きながら、何度も何度も『信じられない』『信じちゃダメ』という言葉を心の中で繰り返した。

たしかに、降りしきる雨の中、大きな荷物を抱えた男子学生に傘を差しかけた。びしょ濡れになるのがわかっているのに、雨の中に踏み出したその人が気になったからだ。

並んで歩く間、話したか、話さなかったか、よく覚えていない。

何も話さなかったとすれば、きっと緊張していたのだろう。

だが、あのときの男子学生が瞬だなんて、そんな都合のいい話があるわけがない。

それに、瞬の言うことが真実なら、武司との出会いは運命でもなんでもなく、全く意味が変わってきてしまう。

そもそも武司は、美夏のことを一度でも愛してくれたのだろうか？

（それって、わたしの最初の恋って……いったいなんだったの？）

疑問と不安を抱え、美夏は瞬の顔を見上げた。今の彼は、送迎デッキにきたときより、はるかに落ちついた表情だった。

「春になって、あちこちの学部を捜しまくった。でも、新入生の中にいなくて……」

いなくて当然だ。

美夏は家計と学力の問題から、市内の短大に進学していた。

「ごめんなさいっ！　わたしにはもともと、国立の大学に行ける学力なんてなかったの。だから……ごめんなさい」

受かるどころか、受けることすらできなかった。それなのに、オープンキャンパスに顔を出した自分が厚かましく思えて、つい謝ってしまう。

「いや、謝られても困る。制服で高校はわかってたんだから、もっと早めに手を打つべきだったんだ。でも、馬鹿で愚図な俺は、春になってから構内で捜せばいい、なんて……そんな能天気なことを考えてたんだから」

そう言ってみつめるまなざしは妙に優しく、美夏は逆に居心地が悪くなる。

「でも……じゃあ、どうやって短大がわかったの？」

美夏の問いに瞬は簡単に答えをくれた。

彼が美夏を見つけたのは、彼女が短大に入学した年の秋、瞬の大学内で行われたエアラインセミナーに出席したときだという。

「出席したわ！　航空会社を受験する市内の大学生、短大生に向けた……っていう、あれでしょう？」

愕然としながら瞬の話を聞いていた美夏だったが、ようやくきっぱりと肯定できる話題になり、ホッとして返事をする。

「ああ、そうだ」

「じゃあ、そのときに声をかけてくれたら……」

「お互いに採用試験で大変なときじゃないか。俺だって、楽勝で受かったわけじゃない」

瞬は横を向いて答える。

エアラインセミナーで再会した翌年七月、彼は採用内定をもらった。

喜び勇んでツテを辿《たど》り、美夏と同じ短大の学生に連絡を取ろうとしたが……タイミングが悪く、美夏がＣＡの試験に落ち、地元企業への就職活動を始めたと聞いたという。

彼は金網に背中からもたれかかりながら、大きなため息をつく。

「迷って、迷って、ようやく勇気を出して、名指しで合コンの段取りをつけてもらったんだ。俺にとっても、合コンなんて初めてだった。いや、参加する前に終わったから、実は合コン未経験だな」

「で、でも、パイロットになってから、いろいろと誘われたんじゃ」

「合コンと聞いただけで、気分が悪い。あんなもの、二度と参加しようと思わない」

瞬はぷいと横を向く。

その仕草が少年のようで、美夏の胸はときめいてしまいそうになる。

だが、ふいに彼の頬が歪《ゆが》んだ。

「何度も忘れようと思った。もちろん、他の女とも付き合った。なのに――あの野郎は、顔を合わせるたびにあんたとのセックスを話題にして、俺を煽《あお》りやがるんだ」

瞬は武司を唾棄するように、『あの野郎』と口にする。

そして五年前、瞬は武司が結婚したことを聞いた。

妊娠がわかって、結婚せざるを得なくなったようだ、と。

相手は当たり前のように美夏の顔が浮かんだ。それ以降、武司は顔を合わせても何も言わなくなったので、瞬は間違いないと思ったのだ。

今年の春、瞬は世話になっている機長から縁談を持ち込まれた。瞬が機長への昇進試験を受けられるよう推薦したい、という話もセットだった。

この十年、美夏以上に心を動かされる女性には出会えなかった。

いずれ結婚するなら、昇進とセットになったこの機会を逃す手はないだろう。そう考えた瞬は、数ヶ月の交際期間を経て、機長への昇格が決まってから結婚したい、と承諾したのだった。

だが運命は――瞬の〝要領〟と〝運〟と〝タイミング〟の悪さを、きっちり証明してくれた。

いつものO空港へのフライト、母の好きな〝きび団子〟を買って帰ろうと立ち寄った空港ショップ、そこで美夏の姿を見つけてしまう。

「最初は、人違いだと思った。福田と結婚して幸せに暮らしているはずのあんたが、地元で働いているわけがない。でも――」

制服の名札に書かれてある〝松前〟の苗字。

美夏の左手薬指にはマリッジリングはおろか、その痕跡もなかった。

「長い間、連絡を取ってなかった大学時代の友人に会って、福田の結婚相手があんたじゃないことを知ったんだ」

にわかに希望が湧いてくる。

しかし、今度は瞬自身の婚約が問題だった。

すでに結婚に向けて話は進んでいる。もともと、機長の娘が瞬にひと目惚れをして持ちかけられた話だ。正式な婚約はまだとは言え、瞬から断れば非常にまずい立場になるのは目に見えていた。

「でも、断るつもりだった。あんたの視線に気づいてたから。それが仮に……パイロットの制服を着た俺が目当てだったとしても」

「わたし……わたしは……」

そこから先が言葉にならず、美夏は瞬から顔を背けてしまう。

「そんな女が、自分のほうから、俺の手の中に飛び込んできたんだ。どんな無茶な理由を作ってでも、俺のモノにしたかった」

瞬は金網から離れて、美夏に近づいてきた。

彼女はうつむき、両手を重ねてギュッと握りしめる。そのとき、彼女の身体は小刻みに震えていた。

そんな彼女の様子に気づいたのか、瞬は固まったように動かなくなる。

「俺が怖いか？　だが、もう何もしない。いや、できない。福田の影くらい簡単に追い払ってやる、そう思ってたんだが……惨敗だな」

それは、別れの言葉だった。

美夏は顔を上げ、食い入るように彼の顔をみつめていた。すると、彼はこれまでになく、悲しげな顔で微笑んだのだ。

伸びてきた手が美夏の頬に優しく触れる。

「今度こそ、あきらめる。だがもし、子供ができていたら、そのときは君の望むとおりにしよう」

次の瞬間、美夏の身体は自由になった。

彼は踵《きびす》を返し、美夏から離れていく。ガラス戸を開け、送迎デッキから建物の中に消えて行った。

これはなんの冗談だろう？

十年前、武司のほうが美夏に恋をして、付き合い始めたはずだった。最悪の結果を招いてしまったけれど、それでも、あれは美夏にとって初めての恋、運命の出会いだった。

だが——瞬の言葉を信じるなら、あのすべてが嘘だったことになる。

武司は瞬に対する報復で、美夏を利用した。それも、五年もの間、瞬に嫌がらせを続けるために、美夏の躰をもてあそび続けたのだ。

（そんなの、許せない。でも、それって、瞬がわたしのことを……）

武司への怒りを感じると同時に、美夏は瞬に心を開いてしまいそうになる。

すべて、瞬の言葉を信じるなら——。

そのとき、身体の奥に瞬の余韻を感じた。逞《たくま》しい熱が彼女の下腹部をズキズキと疼《うず》かせ、彼を求めようとする。

償いのためではなく、あなたを愛しているから抱いて欲しい。

瞬の背中を追いかけて、そう叫んでしまいたい。

美夏は思わず、瞬のあとを追った。そして、送迎デッキから二階へと下りる階段で、彼の姿を見つけたのだった。

信じたい。彼の言葉を信じて、思いのたけを告げてしまいたい。あなたを愛している。

十年前の合コンの夜に戻って、やり直して欲しい、と。

だが、もし、嘘だったら？

瞬と武司がグルではないと、どうして言えるのだろう。ふたりで美夏のことを笑ってなどいない。瞬が彼女を現地妻として扱うつもりなどない、と。

そう思った瞬間、美夏は心にもないことを叫んでいた。

「信じない……そんなこと、絶対に信じない！　もう二度と、パイロットになんか騙されないんだから！」

階段を下りていく瞬の背中に、美夏はやりきれない思いをぶつけるしかなかった。

第五章　甘く淫らな償いの夜

瞬がO空港に姿を見せなくなって二週間が過ぎた。

「毎日のように飛んできてるかと思ったら……この二週間全然ね。ひょっとして、ケンカ？」

祥子に質問をされ、美夏は笑って首を横に振る。

これはケンカと呼べる類のものではない。それくらいは美夏にもわかる。

瞬は『もう何もしない』『今度こそ、あきらめる』と言ったが、告白の真偽など、どうすれば見極めることができるのだろう。

うっかり信用して安心したら、とんでもないことになる。

こうしている間にも、弁護士から連絡があるかしれないのだ。美夏が呼び出されるならかまわない。だがもし、実家にやって来られたら、母に知られないようにする、など不可能だ。

小春の一件は勘違いで片がつき、あらためて、小春は耀と付き合うことになった。

耀という男を信用していいものかどうか、美夏には疑問だが……。小春がいいと言うなら、好きにさせるよりほかない。

それよりも、小春が美夏と瞬の関係を知ったら大変だ。

だが、瞬の思惑しだいで家族を巻き込むことは避けられなかった。

(どうして、あんなことを言い出したの？　わたしから彼のことを、『好き』とか『愛してる』なんて……言えるはずないのに)

そう思う反面、

(言えば、よかったの？　たとえ嘘《うそ》でも。――違うわ。嘘じゃない。わたしが彼に従ったのは、償いだけじゃなかった)

パイロットの瞬に惹《ひ》かれたことは事実だった。

彼のネクタイに手をかけ、ほどくことや、金のラインを目の端に捉えながら、彼に抱かれることは途方もない快感だった。

ただ、店の前を歩くパイロットは何人もいるが、パイロットなら誰でもいいから抱かれたいとは思えない。

『あんた……いつも俺のことをいやらしい目で見てただろ？』

彼の言うとおりだった。

あんな関係になる前から、美夏の目は彼を追い……何度となく、心の中で武司と比べていた。

この人なら、武司とは違うんじゃないか。

この人なら、美夏が愛したら、きちんと愛し返してくれるんじゃないか。

そんな思いを何度抱いたかわからない。

だからこそ、瞬の口から武司の名前が出たときの衝撃は……思い出すだけで、膝が震える。

瞬は武司の知り合いだった。同じ大学、同じ学年、しかも武司と同じ工学部にいたと聞かされ、それで親しくないと言われても、とても信じられない。

武司から、現地妻としてさんざんもてあそんだ美夏のことを聞き、瞬は興味を持っていた。その美夏が彼に対してとんでもないことをしてしまい、武司の言葉を確かめるように彼女を辱めたのだ。

そしてオープンキャンパスの話は、別の友人から聞いた話を都合よく自分のことにした、と言えなくはない。

（そう……あのオープンキャンパスの話、あれが本当に瞬だったら……？）

この二週間、美夏はオープンキャンパスのことばかり考え続けている。あのときの真実を、あの男子学生が瞬であったと言える客観的な証拠を、美夏は探し続けていた。

美夏を合コンに誘ってくれた友人にも、自分を指名した『航空会社にパイロットとして採用の決まった人』のことを尋ねた。

だが、詳しいことは覚えていないという返事だった。

（当たり前よね。だって、十年も経ってるんだもの。セミナーにも出席したけど、あれは合コンより前だから……）

瞬は本当に、あのころの美夏を知っているのだろうか？

信じられないという思いは、信じさせて欲しい、という思いと同じで……美夏はただ、瞬に会いたかった。

たった一週間、数えるくらい、肌を重ねただけの男性。

犯した罪を償えと、強引に躰《からだ》を開かせた。美夏の奥深くに強烈な悦びを与えた挙げ句、十年前の真実を一方的に告白して去って行った男性。

それなのに恋しくて堪らない。

瞬の携帯番号ならわかる。彼女からかけたことはなかったが、自分の携帯にかけてくる瞬の履歴が残っているからだ。

でも、美夏にはどうしてもかけることができなかった。

夜七時半の営業終了と同時に看板のライトを消した。

「祥子、レジ締め、お願いね」

そう声をかけながら、店頭に置いた宣伝用ののぼりとワゴンを店内に入れる。

そのとき、フライトを終えたBNAの乗務員たちが、店の前の通路を通りかかった。

「先輩、いいなあ！　神谷さんと一緒にパリなんて」

ふいに『神谷』の名前を聞き、美夏は振り返った。

すると、数人の女性に囲まれ、瞬が通路を歩いてくる。

盆を過ぎてだいぶ気温が下がってきたせいだろうか、あるいは夜のフライトだったせいかもしれない。制服の上着を着た瞬は、これまでに増して颯爽《さっそう》としていた。

こうして見ると、やはり別世界の人間のようだ。あんなに会いたかった瞬なのに、自分からは声をかけることもできない。

美夏は涙が込み上げてきて、我慢できず店の奥に逃げ込もうとした。

「ちょっと待ってください。松前さん」

呼び止めたのは瞬の声だ。

周囲からは「もう放っておいたら？」「神谷さん、よけいなことは言わないほうが」などという声も聞こえてくる。

美夏は振り返る勇気が出せず、背中を向けたまま固まっていた。

「今日は、私のことは引っ叩《ぱた》かなくてもいいんですか？」

丁寧な口調だが、とんでもない嫌みではないだろうか。

それを聞いていた客室乗務員の女性たちも、美夏と同じように感じたらしい。彼女たちは顔を見合わせながら、こちらを見てクスクスと笑っていた。

だが瞬は、そんな周囲の様子を気にするでもなく、

「ということは……私はあなたを、妊娠させなかったようだ」

低い声でポツリと呟《つぶや》いた。

その真剣な声色に美夏は驚いて振り向く。見上げた彼の顔には、なんの感情も浮かんではいなかった。

瞬の後ろに立つ女性たちは、美夏のことを嘲笑《あざわら》っていた。

身の程もわきまえず、妊娠したと嘘をついてまで瞬を捕まえようとして、それがばれて捨てられた女。

彼女たちの目はそう言っていた。

美夏は彼女たちに強烈な嫉妬心を覚える。いっそ、本当に嘘をついてでも彼を取り戻せたら、と考えてしまう。

だが、美夏は小さく首を振った。

「ええ……。パイロットを捕まえようと思ったのに、残念ね」

「俺も残念だ。——セックスで君を捕まえておこうと思ったのに。俺のことを好きにさせてから、キスしたかった」

それは、ストイックな瞬のイメージからは想像できない過激な言葉だった。

美夏はもっと卑猥《ひわい》でハードな言葉を耳にしているが、同じＢＮＡで働く彼女たちは聞いたことがなかったのだろう。

機長が顔をしかめるのも気づかず、きゃあきゃあ騒いでいる。

瞬はそんな彼女らを無視して、ゆっくりと美夏に近づいた。

「君に渡すものがある。あのあとすぐ、オープンキャンパスの実行委員に頼んで手に入れたものだ。もう、十二年も経った。君の手で処分してくれ」

そう言うと、彼は一枚の写真を美夏の手に握らせたのだった。

美夏はしばらくの間、呆然《ぼうぜん》と立ち尽くし、ハッとして写真に目を落とした。

そこには、紺のブレザーを着て白いブラウスに赤いリボンを結んだ美夏が写っていた。

今と違って髪は黒いままだ。

制服姿の美夏はスカイブルーの傘を差し、『工学部・オープンキャンパス特別企画』と書かれた看板をみつめている。

（本当……だったの？）

そのとき、美夏は駅前で彼の言ったことを思い出した。

『そっちが白いブラウスに赤いリボンを結んで、チェックのプリーツスカートを穿《は》いてくれたら』

『昔、可愛いと思っていた女の子の制服を口にしてみただけだ』

美夏をからかうための冗談だと思っていた。そうでなければ、瞬の学生時代の恋人が、偶然、美夏と同じ高校の女子生徒だったのだ、と。

だが、十二年にも及ぶ彼の思いを手にしたとき、美夏の中に抑えることのできない衝動が生まれる。

（じゃあ、わたしが『愛してる』って言ったら、どうなったの？）

瞬のことを追いかけて、人目も気にせずに尋ねたい。

でも、ほんの三週間前、同じようなことをして、取り返しのつかないあやまちを犯してしまったばかりだ。

（もう、手遅れかもしれない。瞬はもう過去にしてしまったのに、わたしから追いかけて、また迷惑をかけることになったら？）

そんな不安が浮かび上がってくる。

だが──。

（今、追いかけないと、瞬に一生会えなくなる。彼の傍にいたい。迷惑だと言われても、たとえ現地妻のように扱われたとしても……）

胸の奥から溢《あふ》れ出る思いが、美夏の背中を押した。

瞬の去っていった方向に、美夏はゆっくりと歩き始める。しだいに、早足になり……。

気づいたときには、美夏は瞬の背中だけをみつめて、駆け出していた。


「待って！　待って神谷さ……瞬！　わたし……わたし、あなたが……」

好き。

キスして欲しい。

あやまちを償うためでもいいから、抱いて欲しい。

現地妻でもいいから……。

美夏の胸にたくさんの思いが浮かび上がった。その気持ちをすべて伝えたいのに、上手く言葉にできない。

瞬の足が止まり、美夏のほうを振り返ろうとして……。

さらに彼の名前を呼ぼうとしたとき、美夏は何かに足もとをすくわれた。そのまま、バランスを崩して前のめりに倒れそうになる。

美夏の足を引っかけるようにして突き出された女性の足。その女性がＢＮＡの客室乗務員の制服を着ているのが見え……。

今にも転びそうな美夏の身体を、正面からぶつかるように抱きとめてくれたのは瞬だった。

美夏は手を伸ばして、瞬の身体にしがみつく。

恋しくて、恋しくて、取り戻したかった温もりに抱きしめられて、美夏の心は幸福に包まれた。

だが、瞬はただ、転びそうな彼女を助けてくれただけかもしれないのだ。

冷静になって辺りを見回すと、フライトバッグは放り投げたように倒れ、制帽も床に転がっていた。

彼はよほど慌てて、美夏に手を伸ばしてくれたようだ。

「あ、あの、ありがと……」

人目を気にして瞬から離れようとしたが、彼はそれを許してはくれなかった。

自分から離れることは許さない、と言わんばかりに、瞬は奪うようにして美夏の唇を塞いだ。

瞬と交わした初めての口づけに、美夏は頭の芯がくらくらとした。

一般客の少なくなった遅い時間、二階フロアに小さな悲鳴が上がる。「きゃっ!?」「やだ、嘘っ!?」そんな声がいくつも聞こえてきた。

そんな外野の声を打ち消すように、彼は美夏の耳元でささやく。

「好きだ。君の求めるものが、パイロットの制服を着た俺だったとしても」

愛の告白に、美夏は精いっぱいの思いを返した。

「制服のあなたが好き……でも、着てなくても好きよ」

美夏の返事に彼は目を丸くする。しかも、うっすらと頰が赤くなり、まるで照れているみたいだ。

パイロットの制服を着た瞬に惹かれる気持ちは消せない。でも、それ以外の格好をした彼にも、同じくらい胸がときめく。

そう伝えたつもりだった。

だが——あらためて考えてみると、これではまるで、裸の彼が好きだと告白しているように聞こえなくもない。

（ちょっと待って、これじゃ、早く抱いてって言ってるみたい）

瞬の赤面した理由に気づき、美夏のほうも赤くなる。

「あ、違うのよ。制服以外のあなたも好きってことで、何も着てないほうがいいってわけじゃ……」

美夏の言い訳は瞬の唇で遮られた。

唇の端から端まで啄《ついば》まれ、触れ合い、押しつけ合うだけのキス。美夏の不安は溶けるように消え、何もかも忘れてしまう。

彼の唇は頬から首筋まで達し、耳たぶを甘く食む。

そして、熱い吐息とともに耳から滑り込んだ優しい言葉——。

「制服でも、裸でも、君のお望みのままに。乱暴に抱いた、一週間の償いをしよう」

「わたしの望むまま？」

「ああ……」

瞬の胸に顔をうずめ、美夏は小さな声で呟く。

「じゃあ、『君』って呼ばないで。他の人と同じように話さないで。わたししか知らない、

瞬のままでいて……」

彼は大きく深呼吸すると、

「わかった。制服のまま、おまえの中にブチ込んでやる。覚悟しろよ」

低い声でささやいた。

＊＊＊

『制服のまま、おまえの中にブチ込んでやる』

そんなふうに言われては、美夏の心と身体はざわめきが鎮まらない。

閉店後の処理を祥子に頼み、美夏は早々に仕事を終える。駐車場では瞬が待ち詫《わ》びていて、美夏の車を代わりに運転してくれた。

市内に戻るのかと思ったら、彼が向かった先は空港のすぐ近く。温泉スパ付きの宿泊施設だった。

「ここに、泊まるの？」

「泊まらないのか？　俺に抱かれたいんだろう？」

「それは……でも、こんな空港の近くなんて」

「じゃあ、国道沿いのラブホテルにでも飛び込むか？　市内に戻れば普通のホテルもあるが……三十分はかかるぞ。そんなに我慢できるか」

その主張はまるで、二十歳前後の青年みたいだ。

瞬は制服のままだが、美夏はロッカーで着替えて出てきた。彼は待っている間に、この宿泊施設のコテージを予約してくれたらしい。

温泉スパには日帰りで遊びにきたことはあったが、泊まるのは初めてだ。

美夏はドキドキしながら、コテージの中に足を踏み入れる。

室内は間接照明が灯され、柔らかなオレンジ色の光に包まれていた。家具はシンプルなデザインで、内装は黒やブラウンを基調としている。

しっとりと落ちついた雰囲気に、美夏の心もほぐれていく。

大きなソファセットがあり、一段高い位置にダブルサイズのローベッドが置かれていた。

壁などの隔たりはなく、段差がついているだけなので、スイートルームと呼んでいいのかどうかわからない。

ただ、長期の滞在客にも対応しているのか、簡易キッチンが付いていた。

美夏は空港の灯りに引き寄せられるようにして、テラスに近づこうとしたが……。

「きゃっ！」

背後から瞬に抱きすくめられ、驚いて声を上げる。

「俺に二週間もおあずけを食わせたんだ。朝まで寝られると思うなよ」

「そんな……おあずけなんて嘘でしょう？　だって、さっきの女性とパリに行ってきたんじゃないの？」

「フライトに決まってるだろ。同じ機で一緒に行ったCAならふた桁はいる」

でも、彼女たちのはしゃいだ様子は、ただの仕事だけとは思えない。

美夏がそう尋ねると、

「俺はあまり、国際線は志願しないんだ。珍しいから騒いでたんじゃないか？　でもこの二週間は国内線をパスして、世界の空を飛び回ってきた」

「ど、どうして？」

「そんなこと……決まってるだろう？　O空港に来たくなかったんだ。あんたのことを忘れなきゃいけないと思って……これ以上、言わせるな」

ふたりきりになったとたん、傲慢《ごうまん》な口調になり、美夏は安堵《あんど》していた。もう二度と、心を許したような話し方はしてくれないのではないか、と思ったからだ。

でも、ほんの少し、瞬の表情が優しくなったような気がする。

「なんだ、テラスに出たいのか？　いいだろう。俺も付き合ってやるよ」

そのまま肩を抱かれ、ふたりしてテラスに出た。

ウッドデッキのテラスは畳三枚分のスペースがあり、木製のチェア二脚とテーブルが置かれていた。

三段程度の階段を下りると中庭もある。

中庭には外灯がふたつ点けられていて、その光は中庭からテラスのほうまで全体を照らし出していた。

隣の棟とは少し離れて建っており、中庭の柵の向こうは急斜面で誰かに覗《のぞ》かれる心配はなさそうだ。

少しずつ、瞬の手が美夏のまろやかなボディラインをなぞり始める。

美夏の身体は火が点いたようになり、しだいに息が上がってきて――。

「あ、あの……もう……中に入らない？」

「そんなに急ぐことはないだろう？　テラスから空港を眺めたかったんじゃないのか？」

「ええ、でも、もう充分だから」

彼女の言葉を聞くなり、瞬はスッと離れていった。

そのままチェアに腰を下ろす。

「俺は、もう少しここで楽しみたいかな」

そう言うと、彼はニヤッと笑った。


数分後、美夏は下半身に何も身に着けていない無防備な状態で、ウッドデッキに立っていた。

裾が長めのチュニックで下腹部を隠しているが、それでも恥ずかしい場所をすべて覆うことはできない。

「いい眺めだ。全部見えないところが、そそるな」

瞬はまだ、このウッドデッキに来てから、美夏の素肌に指一本触れていない。服の上から身体をなぞったきりだ。

それなのに、美夏の内股にはすでに透明な液体が伝っていた。

信じられないくらい恥ずかしい。

でも本当のことを言えば、空港の通路でキスされたときから、彼が欲しくて堪らなかった。

ふたりきりになれば、すぐにも押し倒されると思っていたのに……。

「ねえ……もう、意地悪しないで。三十分だって我慢できないって言ってたくせに」

美夏は太ももを小刻みに震わせながら、瞬に近づこうとした。

しかし、

「じゃ、俺の前の椅子に座れよ」

その言葉に仕方なく膝を揃《そろ》えて座る。

「バーカ。それじゃ見えないだろうが。膝を左右に開いて、俺に見えるようにしろ」

「そ、そんなこと……」

「入れて欲しいんだろう？　だったらやれ」

美夏はチュニックの裾で隠したまま膝を開いた。

「おいおい、それじゃ肝心の場所が見えないじゃないか。花びらを指で押し広げて、俺にちゃんと見えるようにするんだ」

瞬はいやらしい言葉を口にしながら、ジャケットのボタンを外していく。そして、おもむろに立ち上がり、自らネクタイを緩めながら、美夏の前までやってきた。

「ほら、自分でアソコを広げて見せろ」

美夏はおずおずと手を伸ばし、秘められた花びらに触れる。

その場所はすでにしとどに濡《ぬ》れ、瞬の昂《たかぶ》りで埋め尽くされる期待に打ち震えていた。美夏は自らの中に目覚めた淫らな欲望に、全身が熱く火照る。

彼は屈み込み、指を美夏の開いた部分に伸ばした。

ところが、肝心な部分には触れてくれず……彼はチェアの座面を指先で拭う。

「美夏の溢れさせた蜜で、椅子までヌルヌルだ。仕方ない、コイツで栓をしてやるよ」

彼はズボンのファスナーを下ろした。

その瞬間、ボクサーブリーフを押し下げるようにして、雄身が飛び出してくる。それはすでにそそり立ち、濡れて艶めいていた。

「まったく！　俺のコイツは、おまえにだけはいつどこでだって、おかまいなしに反応するんだ。これまで何度、福田から力尽くで奪ってやろうと思ったかしれない。さあ、俺が欲しいって言ってくれ。美夏のほうから、俺を求めるんだ」

瞬の情熱的な誘惑に、美夏の羞恥心はあっさりと白旗を振る。

「わたしのこと、奪ってくれたらよかったのに。瞬が欲しい……あなたが欲しいの。入れて……お願い」

脚を大きく開き、両手の指先を添えて花弁を押し広げた。

彼の目に蜜窟がはっきりと見えるように……。そのとき、親指が花芯に触れ、美夏は無意識のうちに腰を震わせ、さらに前に突き出してしまう。

もう、どうしようもないほど彼が欲しかった。

瞬はチェアに膝をつくと、覆いかぶさるように、一気に美夏を貫いた。

「はぁぁっう！」

美夏は外だということも忘れて、大きな声を上げながら彼の首に抱きつく。

「美夏、愛してる。もう離れたくない。ずっと、一緒にいたい」

「瞬……傍にいて、お願い、このまま……離さないで」

彼の言葉をすべて信じてもいいのだろうか？

そんな不安が胸の片隅に残っているのはたしかだ。それでも、瞬になら騙《だま》されてもいいと思える。

彼が自分を抱く理由なんてなんでもいい。

そう思ってしまえるほど、美夏は瞬に夢中だった。

「せっかく自由にしてやろうと思ったのに……今度は自分から飛び込んできたんだからな。俺から逃げられると思うなよ。おまえはもう俺のものだ。絶対に離さない」

掠《かす》れるような声で、美夏の耳元でささやく。

「好き。好きよ。わたしも、初めて会ったときから……ずっと好きだったの」

「一応、信じてやるよ」

「そんなっ……本当に、あっ」

背中側に彼の手が回り、抱きしめられるようにチェアから下ろされた。もちろん、挿入したままだ。

自分の体重がグッとかかり、より深い部分に彼を感じる。

ゆっくりとウッドデッキの床に寝かされ……少し楽になりホッとしたのも束の間だった。片足を彼の肩にかけさせられ、激しい抽送が始まる。

「わたしの……望む、ままって、言ってくれたくせに……償うって」

喘《あえ》ぎながら、美夏はようよう声を出す。

すると、瞬はさらに激しく腰を揺さぶったのだ。

「だから、他人行儀に『君』とは呼んでないだろう？　こうして、制服で抱いてやってるんだ。おまえの膣内《なか》、いつもより熱いぞ。興奮してるんだろう？」

「そ、そんな……あっ、あぁ、やぁ……あぁーっ！」

昴りの先端が彼女の奥をコツコツと突き、美夏は下肢を震わせる。そのまま、無意識のうちに彼の腰にしなやかな脚を巻きつけていた。

「なんだ、また達《い》ったのか？　いいだろう、何度でも達かせてやる。でも、忘れるなよ、美夏。会社の連中の前で告白して、俺にキスさせたんだ。その責任はしっかり、取ってもらうぞ」

「待って、わたしはそんな……つもりじゃ……あぁっ！」

繋《つな》がった部分が溶け合っていく。

どこまでが自分で、どこまでが彼か、わからないくらいに。

瞬がジャケットを脱ぎ、その下に着たパイロットシャツの金色のラインを目にしたとき、美夏は果てしない悦びに身を委ねた。

「なん、でも……言うとおりに、するから……だから、キスして……抱きしめて」

両手を伸ばして、彼を求める。

瞬は激しいキスで応じてくれた。

直後、左右の翼に赤と緑のライトを灯して、飛行機が夜空に飛び立つ。

そして、甘く淫らな償いの夜——ふたりの恋はようやく始まった。

第六章　恋に堕ちたパイロット

目の前に広がる一面の青。

白い雲を眼下に見下ろす、それは胸のすく一瞬だ。

神谷瞬にとって、空を飛ぶことは中学生のころからの夢だった。その夢を手にして約十年。実際に副操縦士として操縦桿《そうじゅうかん》を握って六年あまり。

来春にはＢＮＡの最年少機長に昇進する予定だった。

瞬は誰よりも仕事熱心なパイロットだ。体調管理のために酒は飲まず、タバコも吸わず。たまの休みはジムで身体を鍛え、夜更かしも慎む。

女性との付き合いもゼロではないが、半年と続いたことはなく……。

叶《かな》わなかった恋の代償のように、彼は夢中で飛び続けてきた。

「片瀬《かたせ》機長のお嬢さんとの結婚、ナシになったんだって？」

ランディング——着陸の準備に入る直前、隣の機長席から先輩パイロットに声をかけられた。

「はあ……」

瞬には曖昧な返事しかできない。

表向きには片瀬機長の側から〝お断り〟された格好だが、実は瞬のほうに好きな女性がいて、彼がそちらの女性を選んだことは社内の誰もが知っていた。上司にこれ以上恥を掻《か》かせないようよけいなことは一切言うな、と会社側から内々に指示されている。

「せっかく機長になれるトコだったのに。もったいないことするなぁ」

「そうでも、ありませんけどね」

瞬の返事を聞き、先輩の声色が変わった。

「ふーん、神谷がそんなに惚《ほ》れ込むなんて珍しいよな。よっぽどいい女なのか？」

俄然《がぜん》、興味が湧いたようだ。バツイチで独身の先輩パイロットの質問を無視して、瞬は計器に目を向ける。

「キャプテン、そろそろランディングブリーフィングをお願いします」

わざとらしいのを承知で、着陸用の細かな打ち合わせを催促した。

（危ない、危ない。女なら誰でもいいような連中に、横から手を出されたんじゃ堪らない。

あんな思いは、福田のときだけで充分だ）

十二年越しでようやく叶った恋だ。

嬉《うれ》しくてついつい態度に出してしまいそうになる。だが、彼女――松前美夏だけは、誰にも譲れない。

瞬は一度ギュッと目を閉じ、深呼吸して気持ちを切り替えた。

ランディングのため、副操縦士である瞬はフラップ――高揚力装置に手を置く。

「スピードチェック、フラップ・ワン」

機長から指示が飛ぶ。

決められた速度を切ったとき、フラップを一度下げる。それは副操縦士の役割だ。機長が飛行機を最終進入コースに乗せ、その指示に従いつつ、フラップを五度、十五度と下げていく。

フラップを五度下げたとき、

「ギアダウン」

「ギアダウン」

先輩パイロットの言葉を繰り返し、ランディングギアを下ろす。

そのまま、いつもどおりの手順で飛行機を下ろしていく。

いよいよ着陸という寸前、

「ランディング」

機長の声に瞬は、「ラジャー」をコールして、操縦桿を両手で摑《つか》んだ。

＊＊＊

O市の空港は市街地から車で約三十分、北西に走った辺りの山の中に位置する。

瞬の実家は市街地から空港とは逆の方向に車で三十分ほどかかるため、空港からは一時間近く走らなくてはならない。

現在は生活の拠点を東京に移しているが、大学までは地元の国立大学に通ったため、生まれてから二十二年間暮らした町だ。両親との仲も良好で、地元に対する愛着も強い。遠い将来、パイロットを辞めるときがくれば、地元に戻って働きたいと思っている。

夜の九時——瞬は最終便でO空港に着陸した。

本日三度目のフライトを終え、着陸後のブリーフィングで天気や不具合の有無等、今回のフライトに関する様々な事案を報告する。それを急いで報告書に仕上げ、副操縦士の仕事を終えて、瞬がディスパッチルームを飛び出したのが九時半――。

　空港に併設された駐車場内の目的の場所まで、彼は全力で走った。

　従業員のために空けられたスペースには、ワインレッドの軽自動車が一台、ポツンと駐まっている。

　その車に近づき、コンコンと窓をノックする。ほぼ同時に後部座席のドアを開けてフライトバッグを放り込み、彼自身は助手席に乗り込んだ。

「悪い、遅くなった」

「フライトお疲れ様でした。トラブルがなければ、遅いのは平気よ」

　瞬の顔を見て、ホッとしたように美夏は微笑んだ。

　彼女が働いているのは空港内にある〝幸福屋ショップ〟。扱っているのは日用雑貨が少し、あとはほとんどがお土産物だ。閉店は七時半、彼女は店長なので雑務があるものの八時にはすべての業務が終了する。

　それにもかかわらず、瞬が最終便で飛んでくるときは、こんな時間まで駐車場の車の中で待っていてくれるのだ。

「それに、今日は早いほうじゃない？　この間は十時過ぎてたもの」

栗色《くりいろ》に染めた長めの前髪を掻き上げ、なんでもないように答える。

美夏と付き合うようになってわかったことがひとつ。彼女は男に甘えるのが下手だ。ときには下手を通り越して、警戒しているように見えることもある。まるで人になつくことを恐れる野生動物のようだった。

「どう頑張っても一時間以上待たせるんだよな。最終便のときは会うのをやめようか?」

彼女を気遣うつもりで言った言葉だった。

だが、ふいに、美夏の気配が変わる。

「瞬が……面倒だと思うなら、それでもかまわないけど」

その声からは、不安と不満の入り混じった、微妙な気持ちが伝わってきた。それは時折、彼女が無意識のうちに作る壁だ。

美夏は五年間付き合っていた男に手酷くふられた過去を、まだ完全に乗り越えてはいない。

男は瞬と同じ大学の同期で、ライバル航空会社のパイロットをしている福田武司。この男のせいで、美夏は信じがたいほど自己評価が低く、ふられることを恐れて、恋人に甘えることができなくなった。

美夏が武司への思いを断ち切れたからこそ、両想いになれたと思ったのだが……。

心に刻みつけられた傷は、そう簡単に消えてはくれないらしい。

それを思うと嫉妬心が湧き上がってきて、瞬はコントロール不能に陥る。

「俺が、じゃなくて、おまえはどうしたいんだ？」

「わたしは……待つのは平気って言ってるじゃない。でも、そういうのが瞬の負担になるなら、会わなくても……」

美夏の気持ちは手に取るようにわかる。

本当は『わざわざ待たなくてもいいのに』と、瞬に思われているんじゃないか。そんな不安を感じているのだ。

瞬が何度も『そうじゃない。俺も会いたいんだ』と言っても、美夏自身が考え方を変えない限り、彼女の不安を根底から拭ってやることはできない。彼女は瞬に傷つけられることを恐れ、一歩引いて付き合おうとする。

不甲斐《ふがい》なさも相まって、瞬もつい、言わなくてもいいことを言ってしまう。

「そんなこと言ってるから、あんなろくでなし野郎の〝現地妻〟にされるんだ」

「そ、それは……」

「こんな時間まで待ってるのは、俺に会いたいからじゃないのか？」

グッと身を乗り出すと、瞬は運転席の美夏に顔を寄せた。

「言えよ。俺に抱かれるためなら、何時になっても待つって。おまえの本心を聞かせてくれ」

着替えは済ませていない。パイロットの制服姿でいたほうが、彼女を思いどおりにできるからだ。

瞬は美夏の手を取り、自分の襟元に導いた。

「正直に言わないなら、他の女にこのネクタイをほどいてもらうことにする」

「ズ、ズルイ……」

「ああ、ズルイよ。おまえがいつでも俺の前から消えられるように、距離を置いて付き合う限り、俺もこんな手を使うしかなくなる」

美夏はキュッと唇を噛《か》みしめたあと、

「だって……そんなこと言ったら、もっと会いたいって思うもの。また、札幌行きの便に乗せて欲しいって。今以上に一緒にいたいって……そう言っても、嫌いにならない？」

喘《あえ》ぐようなささやきを瞬は唇で遮《さえぎ》った。

舌先で唇をなぞり、甘く濡《ぬ》らしていく。少しずつ美夏の吐息は艶を帯びてきて、それは瞬の心と身体を煽《あお》り立てた。

「言えばいい。会いたい、会いにきてくれって、もっと我がまま言っても、嫌いになんかなるもんか。俺だって、会いたいんだから」

付き合い始めて二ヶ月が過ぎた。

会えるだけで嬉しく、それでいて互いの距離が今ひとつ摑めていない。いい歳をして、と笑われそうだが、本気の恋に年齢なんて関係ない。

瞬は奪うように何度も口づけ、遠慮がちな美夏の唇を舌先で割り込んだ。

ゆっくりと口腔《こうこう》内を蹂躙《じゅうりん》しつつ、彼女の舌先を追い求めた。執拗《しつよう》に追い詰めてようやく、美夏も瞬のキスに応えてくれる。

唇が離れた瞬間――。

「瞬は何もかもが素敵だから、CAさんにも人気でしょう？　エッチのとき激し過ぎてちょっと大変だけど、その分……最高だし。たまに意地悪なときもあるけど、普段はとっても優しいから、きっとCAさん以外にもモテるんだろうなぁって思ったら……」

頬をピンクに染め、目を潤ませながら口にする。

甘え下手の恋人から、そんなふうにささやかれるだけで、瞬の理性は焼き切れてしまいそうだ。

「おまえ……それは、褒め殺しか？」

「そ、そうじゃなくて。だから、待ってる間に不安でいっぱいになるの。瞬はわたしのどこがいいのかな、とか。飽きられたらどうしよう、とか……そう思ったら、怖くて」

「おまえの親にも挨拶したのに？　うちの親や会社にだって報告してある。第一、飽きるくらいなら十年も思い続けたり……」

言いながら、瞬はハッとして口を噤《つぐ》む。

そんな彼の心情を察したのか、美夏は笑みを浮かべながら、小さく震える声で呟《つぶや》いた。

「瞬と……十年前に会いたかったなぁ」

十年前、瞬は大学の成績や就職に関することで逆恨みを買い、恋する女性――美夏を奪われた。

それが武司だ。武司はその先何年も、瞬に対するライバル心から、純粋な美夏の思いを利用し尽くした。

美夏は何も知らず、武司の愛情を信じて結婚を夢見ていた。

だが、振り回されていたのは彼女だけではなかった。

瞬も同じように武司に振り回されたひとりだ。会うたびに美夏とのセックスを自慢されて、瞬の中で失恋は癒やされるどころか、傷口は広がる一方だった。

だからこそ、美夏を手に入れられると思った瞬間、悪魔のように強引に奪おうとした。

互いの恋情を確認したあとも、愛情や信頼を固める前に速攻でプロポーズしたのだ。逃げられるのが怖くて……なんて、独善もいいところだろう。

今度は優しく、それでいて情熱を込めて、彼女に口づける。

「美夏、どんなおまえも好きだって……ここで証明していいか？」

「こ、ここで？　でも、駐車場よ」

この駐車場は二十四時間車の出し入れが可能なうえ、無料なので清算機もなく係員の詰め所も遠い。

そして幸運なことに、美夏の車は監視カメラの真下にあり、ちょうど死角になっていた。

「じゃあ、送迎デッキのトイレにでも行くか？　あそこもおまえのお気に入りだろう？」

そこはちゃんとした交際を始める前に、ふたりが逢瀬《おうせ》に利用していた場所。

瞬が茶化すように耳元でささやくと、美夏は頬を染めて抗議する。

「瞬だって……楽しんでたくせに！」

「ああ、どこでも抱ければよかった。おまえを全部、俺のものにしたかったから」

言い終えると同時に、彼女の可愛らしい耳朶《みみたぶ》をキュッと噛んだ。

その瞬間、美夏の身体はピクンと震える。

「あっ……ん……ホントにもう、二重人格なんだからぁ……他の人の前じゃ、もの、凄く……あっ、やぁぁ」

舌先で内耳を舐《な》め回すと、美夏は喘ぐだけになる。

「他の人の前じゃ、なんだ？」

彼女の真っ白な首筋に舌を這《は》わせながら問う。

「あ、それは……、ま、真面目で……それなのに、わたしの前だと、こんな……ぁあっ、ひゃぁ……ダメェ、そこ……ぁ」

息も絶え絶えになりながら、それでも瞬の質問に答えようとする彼女が愛しくてならない。ふいに自分の印をつけたくなり、強く吸い上げた。

美夏は身を捩《よじ》って逃れようとする。

瞬はそんな彼女の口に左手の人差し指と中指を押し込んだ。

二本の指が温かくて柔らかな弾力に包まれ——それは容易に、瞬の下半身に快楽の瞬間を思い出させた。

あっという間に下腹部は高ぶり、欲望が雄々しく勃ち上がる。そうなるとじっとしていられず、彼はゆっくりと指の抜き差しを始めた。

「美夏の口の中は気持ちいい。指じゃなくて、アレを押し込んでるみたいだ」

「んんっ……んっ……ぁふ」

口から指を引き抜き、そのままスカートの中に滑り込ませた。ガーターストッキングの奥にある薄い布地に指が触れる。

「あ……やぁん、もう……制服だと見えちゃうから……キスマークはダメって、前も言ったのに……ぃ」

美夏は泣くように言う。

「見えたらまずいのか？」

「は、恥ずかしい……から」

「恥ずかしい？　車の中でココがこんなにしながら、キスマークぐらいなんてことないだろう？」

薄い布地を少しだけずらすと、そこはすでにとろりとした蜜で濡れそぼっていた。

「きゃ……あぅ！　そこ……触っちゃ、ダメェ」

心の底から恥ずかしそうな声で告げられ、瞬の鼓動はスピードアップした。

ここがホテルのベッドの上であったなら、すぐさま押し倒して、思いきり突き上げているところだ。

だが軽自動車の中は案外狭い。

（こんな場所でサカってないで、さっさとホテルに行けばよかったな）

瞬はほんの少し後悔しながら――指は蜜のとば口をソロソロと掻き回す。

車内には噎《むせ》せるような淫らな香気が広がり、羞恥の音が響いた。

「やぁ……やんっ、あぁん……ひゃぁん、あぁぁっ！」

美夏が絶頂に到達する寸前、瞬はスッと指を引き抜く。

「ひとりで気持ちよくなるなよ……俺も一緒に達《い》きたい。ほら、おいで」

彼女から離れて助手席に座り直した。自ら制服のズボンの前を寛げ、そそり立つペニスを取り出す。

「瞬の……意地悪っ」

「意地悪だから嫌いになった？」

美夏は小さく首を振り、

「嫌いになんて、なれない……」

「俺は愛してる。愛するあまり、ほら、もうこんなになってる」

瞬が自らの欲望を誇示して見せると、美夏は頬を染めて助手席のほうに移動してきた。

「わたしも、愛してるから……だから」

そう言うと瞬の上に跨《また》がり、ショーツのクロッチ部分をずらして腰を落とした。真上を向いた彼の情熱は瞬く間に美夏の中に飲み込まれていく。

グチュリと恥ずかしい水音が数回聞こえ、そのたびに美夏の身体が震えた。

「……んん……ぁ、ふ……はぁぅ……」

甘い吐息とともに、美夏は瞬の胸にもたれかかる。

「しゅ……ん、ねぇ、ネクタイ……ほどいて、いい？」

自ら男の上に跨りながら、その恥じらいぶりはまるで女子高生のようだ。

瞬は高まる欲情を必死で堪えつつ、小さく腰を動かした。

「ダーメ、こんなトコじゃ脱げないだろう？」

「でもぉ」

美夏は上目遣いで涙ぐむ。

彼女はセックスの最中にネクタイを外すのが好きだ。いや、パイロットの制服を乱すのが好き、というべきか。

武司に教えられたセックスだと思えばムカつくこともある。

だが、それをひと言でも口にすれば、彼女はすぐさま殻に閉じこもってしまうだろう。

(まあ、ムカつくだけじゃないからな。いつも控えめな美夏が、制服を着ると大胆になってくれるんだから……悪くないってもんだ)

彼女の唇に軽くキスしたあと、

「制服なら……ズボンがぐっしょりだ。美夏のアソコから溢《あふ》れ出た愛液で……ほら」

彼女の手をふたりが繋《つな》がっている場所まで持っていく。繋がった部分をゆっくりなぞらせたあと、しっとりと湿ったズボンに触れさせた。

直後、蜜窟の奥がギューッと狭くなる。

「美夏……ちょっと締め過ぎだ。ああ、そうか、制服のズボンを濡らしたことに気づいて興奮したんだ」

「い、言わないで……だって、わたし、わたしそんなこと……あ、やぁ、また……出ちゃ……う」

隙間からこぼれ落ちた液体がじわじわとズボンに染み込み、股間に温もりが広がっていく。

「ああ、本当だ。奥も凄いよ……ヌルヌルなのに、きつく締めつけるから、痺《しび》れるようだ。悪い……もう、そんなに、持ちそうにない」

「あ……あ、やぁ、ダメ、ダメェ……変に、なっちゃう……瞬……瞬！」

抱きついてくる美夏の腰を両手で掴み、激しく突き上げた。

蜜襞《みつひだ》を擦り上げ、彼女の最奥を穿《うが》つ。ひと突きごとに瞬の興奮も高まり、頂点まで達したそのとき、瞬の猛りは彼女の中で爆ぜた。

ドクンドクンと脈打ち、美夏の子宮めがけて精を噴き上げる。

美夏の躰も、瞬の子種を欲しがるように収縮を繰り返す。それはまるで、ふたりの躰がひとつに溶け合うようだ。

至福の快感がふたりを包み込んでいく。

「瞬、瞬……好きよ、好き。愛してる……ずっと、傍にいて」

「愛してるよ。美夏だけだ。二度と放さない。一生、俺から離れるな」

背後で飛び立つ貨物チャーター便のエンジン音を聞きながら、瞬は美夏にキスして抱きしめた。

「もう、信じられない。車の中で、なんて」

十数分後——美夏は助手席に座り、ブツブツ言いながら乱れた髪を手櫛《てぐし》で直している。

彼女の車なのでそのまま運転を任せることもあるが、今日にみたいに勢いあまってカーセックスに興じてしまったあとは、瞬が交代する。

なぜなら、女性のほうがセックスの余韻を引きずりやすいためだ。その証拠に、今も彼女の瞳は潤んだままだった。

「はいはい。俺が悪かった」

苦笑しつつ、片手でハンドルをさばきながら瞬は答える。

あえて言うなら、下着も脱がずに瞬の上に跨り、腰を振り始めたのは彼女のほうだ。しかし、それを口にしたらおしまいだろう。

「それに……結婚までは気をつけようって約束したのに……そのまま、しちゃうし」

「ん？　何をそのまま？　はっきり言ってくれなきゃ、わかんないぞ」

本当はわかっていたが、つい、美夏の口から卑猥《ひわい》な言葉を言わせてみたくなる。

「だから、わたしの中に……アレを、出しちゃったから……やだ、もうっ！　瞬ったら、わかってて言わせてるでしょ！」

「ばれたか。いや、でも、仕方ないんだよ。おまえの中が気持ちよ過ぎて、コイツが我慢できなかったんだから」

瞬が言い訳しながら股間を指差すと、美夏にパシンと手を叩《たた》かれた。

「その手がいやらしい！」

「はいはい。どうせ俺はいやらしい男ですよ。おまけに、おまえにかかったら童貞並みの早撃ちになるし……」

瞬としては笑ってごまかす以外にない。

（でも、騎乗位でフィニッシュだろ？　どんな男でも直前では抜けないよなぁ。それに、

軽四は狭いから、よけいに難しいと思う）

そういった反論は心の中でとどめる。

「ま、別にいいじゃないか。子供は早く欲しいし、気に入ったドレスが着たいなら、式を早めればいいだけだろう？」

瞬は何気なく口にしたが、彼が思う以上に美夏には重大なことだったらしい。

「だって……瞬のご両親や会社の方に、ちゃんと愛し合って結婚するんだって思って欲しいんだもの」

奥歯を噛みしめ、涙を堪えるように美夏は呟くのだった。


今から一ヶ月前、美夏の両親に挨拶を済ませた。

やっと通じた思いだから時間をかけてゆっくりと育もう――最初はそう思っていたが、その間に誰かに奪われでもしたら洒落《しゃれ》にならない。

焦る気持ちから、結婚を急かしたのは瞬のほうだった。

そして先週、双方の両親と弟妹の顔合わせが終わり、多少のドタバタはあったものの、ふたりは正式に婚約したのだ。

瞬は両親に、『機長の娘と結婚するかもしれない』と話していたので、急に相手が変わり、さぞかし驚いたことだろう。

だが東京に住む女性と結婚するより、地元の女性と結婚するほうが嬉しかったらしい。とくに何も言わず、美夏との結婚をすんなり認めてくれた。

反対はしなかったが、とにかく驚いていたのが瞬の弟の耀と、美夏の妹の小春。このふたりは恋人同士だ。

そもそも、瞬と美夏が急接近したのは、このふたりが原因だった。

耀がパイロットの〝神谷瞬〟を名乗り、参加した合コンで小春を口説いたのが始まりだ。その後、小春の妊娠発言に動揺した〝神谷瞬〟が逃げ出そうとしたため、彼女は姉に相談した。

妹からとんでもない相談を受けた美夏は、本物の瞬に向かって『妊娠させた責任を取ってもらいますから』と詰め寄ることになったのである。

そして一連の騒動は、瞬が機長の娘との結婚話を、白紙に戻すタイミングを見計らっていた矢先の出来事だった。

瞬は機長から縁談を持ち込まれ、それを承諾した直後、O空港で美夏と再会した。

武司と結婚したとばかり思っていた彼女がずっと独身だったことを知り、同時に、彼女に対する自分の思いが全く色褪《いろあ》せていないことにも気づいてしまう。

だが、瞬には昇進の件だけでなく、他にも事情があって、動くに動けない状況になっていた。

そこに——瞬が、地元の女性と浮気して妊娠させた、という誤解が広まり……。

『例の話はなかったことにしてもらう』

機長のほうから、そう言ってもらえたのだ。

（まあ、あれには正直、ホッとしたのが本音だからなぁ）

そのことを考えれば、耀のことは叱るに叱れない。

結局、小春が耀を許し、妊娠も誤解とわかり、ふたりの仲は落ちつくところへ落ちついたのだった。

しかし、瞬の会社での立場は、いささか厄介なことになっている。

上司に当たる片瀬機長から、娘の婚約者同然の扱いを受けていたのは事実。今回、表向きは瞬の素行に問題があり、正式な婚約に至らず交際は解消したことになっている。

問題はその先だった。

——正式な婚約ではないにせよ、上司の娘と破談になり、わずか二ヶ月で、他の女性と婚約するのはいかがなものか。もう少し時間を空けてはどうか。

美夏との婚約を報告したとき、会社からそんな注意を受けた。

私生活を会社に指図される覚えはない。そう言ってしまえたら簡単だ。

だが、言えないのがこの業界の難しさだった。

パイロットは、心も身体もパーフェクトの状態で勤務に当たることが求められている。

――神谷瞬は私生活に問題がある。パイロットとして数百人の命を預かるのにふさわしい人間ではない。

そう判断を下されたら、即日、地上勤務を命じられるだろう。

間違いがあってからでは遅い。一切の猶予は与えられず、即決で処分されるのが通例だった。

美夏や両親には来春挙式と言ってあるが、会社の意向に丸々従うなら一年ほど先になってしまう。

だが、それをクリアできる手段がひとつだけあった。

(子供ができたので時間を空けるわけにはいかなくなった、と言ったら、簡単に認められるんだよなぁ)

もちろん、デキ婚は褒められたことではない。だが、男として責任を取る、と言えば、会社も口を挟めなくなる。

しかし、美夏の事情は瞬とは逆だった。

「年内で退職したいって上司に申し入れて、相手がパイロットだって話したら、周りからいろいろ嫌なことを言われるようになって……」

美夏は二十九歳。昨今では結婚適齢期はなくなったと言われるが、それでも一番気になる年齢だろう。

彼女が勤める幸福屋デパートには、同じ年代の女性が多く働いている。中でも独身女性の間では、空港ショップ勤務でパイロットと婚約した美夏は噂《うわさ》の的らしい。

そんな中、社内に美夏が今年の夏に起こした騒動が広まった。空港ロビーで瞬に『妊娠させた責任を取ってもらいますから』と詰め寄った一件だ。

そのせいで、

『松前さんって、わざと妊娠してパイロットに結婚を迫ったんですって』

そういった噂がひとり歩きしていた。

美夏は聞かれるたびに『妊娠はしていない』と否定して回った。

ところが……。

『妊娠したって嘘《うそ》をついてまで、結婚に持ち込むなんて』

そんなふうに噂話はエスカレートする一方だ。

「うちの両親にまでよけいなことを言った人がいて、お父さんもお母さんも、人の言うことは信じてないからって言ってくれたけど……」

美夏の母親は心臓が悪い。だから彼女は母親には心配をかけまいとする。そして母親に代わり、自分のことは二の次にして妹の面倒をみてきた。

そんな美夏が両親に小春の起こした妊娠騒動を話せるはずがない。

そうなると、釈明も言い訳めいた言葉ばかりになってしまうのだろう。

「両親がね、瞬のご両親はどう思っておられるだろうって心配してるの。ひょっとしたら、うちの親も少しは疑ってるのかもしれない。嘘をついて、瞬のことを婚約者から奪ったって。わたしって悪い女に見えるのかな?」

美夏は涙をいっぱい溜《た》めた瞳で、無理やりに笑顔を浮かべる。

「もう、十一時か。伺うにはちょっと遅いよな。明日の朝一番でお邪魔して、ご両親にちゃんと話しをするから」

「ダメよ」

「どうして?」

「だって、説明しようとしたら、耀くんと小春のことも話さないといけなくなるわ。うちのお父さん、耀くんのこと凄く気に入ってるから……」

Ｏ市に住んでいない瞬には、姉妹の父親が弟を気に入った詳しい経緯はわからない。

だが、勤めていた会社が倒産して半年近くも就職活動中だった耀は、いつの間にか美夏の父親が営む小さな自動車整備工場を手伝うようになっていた。

瞬の両親もそのことには賛成していて、

『耀が小春さんと本気で結婚するつもりなら、整備士の資格を取るぐらいのことはしないと』

そんな言葉で耀に発破をかけているらしい。

「父が長年勤めていた工場から独立して始めた整備工場だけど、娘ふたりだから、自分が働けなくなったら辞めるって言ってたのよ。でも耀くんが小春と結婚して跡を継いでくれるならって、凄く張りきってるの。それなのに、水を差すようなことは言えないわ」

瞬はハザードランプを点滅させ、車を停めた。

「じゃあ、俺たちはどうなるんだ？」

「それは……」

「出世目当てで機長の娘と付き合いながら、地元の女にも手を出してて、それがばれたから責任取って結婚する――俺がそんなろくでもない男だと、ご両親に思われても、おまえは平気なわけだ」

「ごめん……なさい」

震える美夏の声を聞き、瞬は大きく息を吐いた。

責めたつもりはない。泣かせるつもりはもっとない。ただ、美夏を守りたいと思っただけだ。

そのことを心の中で繰り返して、瞬は深呼吸する。

「美夏、俺だって耀と小春ちゃんの仲を裂く気はない。でも、おまえのことは守りたいし、俺だけ悪党に思われるのはごめんだ。だから……ご両親には上手く言うから、泣くなよ。それに、次はちゃんと避妊する」

美夏はようやく微笑んで、コクンとうなずいた。


夜の十時を回れば、美夏の実家までなら、空港から三十分もかからない。瞬の実家はここからさらに南の方角だった。

「ここで降りてタクシーなんてもったいないわ。明日は休みなんだから、瞬の家まで行きましょうよ。帰りはわたしが運転したらいいでしょう？」

瞬が彼女の家の駐車場に車を入れようとしたとき、そう言って引き止められた。

「馬鹿言うなよ。こんな遅くにひとりで帰せるもんか」

「じゃあ、このまま、家まで乗って帰って。朝一番に来てくれるんでしょう？」

「ああ。おまえがそれでいいなら、借りて行くけど」

ほんの短い時間ふたりはみつめ合い、ごく自然に唇が重なった。

美夏の手が瞬の腕に触れたまま離れない。そんな彼女の手を、瞬のほうから押しのけるなど不可能だ。

「やかましいかな？　エンジン切ろうか？」

「あ……うん、ごめんなさい」

「なんで謝るんだ？」

「だって……離れたくなくて。わたしが手を離さないから……瞬は早く帰りたいのよね？　疲れてるはずだもの」

エンジンを切った瞬間、辺りは恐ろしいほどの静寂に包まれた。

「本当に、そう思うか？」

「……瞬？」

さっきの軽いキスとは違い、今度は思いのたけを込めたキスだった。呼吸を止めて唇を重ねた瞬間、時間も止まったような錯覚に陥る。

「わ、悪い」

「なんで……謝るの？」

ふたりはほんの数分前と全く逆のやり取りをして、顔を見合わせて笑った。

「止まらなくなりそうだから、降りてくれよ。今夜は帰って、明日ゆっくりしよう」

「うん、わかった」

美夏は名残惜しそうに手を離し、車から降りる。

彼女がドアを閉めたとき、瞬は窓ガラスを下ろした。

「じゃ、明日な。玄関に入るのを見届けたら車を出すから……」

美夏は一旦玄関に向かって歩き出し、途中で小走りに引き返してきた。

「あの……あの……瞬」

「どうした？　忘れ物か？」

「違うの。あの、やっぱりしなくてもいいから……避妊。わたしも、本当は瞬の赤ちゃん欲しいから……ごめんなさい、変なこと言って。気をつけて帰ってね」

夜目にも真っ赤になりつつ、美夏は瞬の返事も聞かずに戻っていく。

だが、美夏の言葉は瞬を骨抜きにした。心の琴線に触れ、彼は自分の行動を制御できなくなる。

本能の赴くまま助手席に身を乗り出し、ドアを開けて彼女を呼んだ。

「美夏、戻ってこい！　早く乗れ！」

掠《かす》れるような、それでいて鋭い声で呼びかける。

「ど、どうしたの？　きゃっ」

瞬は駆け戻ってきた彼女の腕を摑み、一気に車内に引きずり込む。そして、手を伸ばしてドアを閉めたのだった。

「しゅ……瞬!?」

「朝まで待てそうにない。今すぐ抱きたい。ごめん、コントロール不能で迷走してる」

三十二年の人生で初めての経験だ。

女性との関係にのめり込むこともなく二十代を終えたとき、自分には性欲が欠けているのかもしれないと思っていた。

それが、今度こそ美夏を手に入れると決めたときから、まるで野生に戻った獣のような状態だ。身体が求めるまま、彼女に飛びかかってしまう。

そのとき、美夏の手がハンドルを握る瞬の手に重なった。

「早く……車を出して」

「本当に、いいんだな？」

「家族に気づかれたり、近所の人に見られたりしたら、ちょっと恥ずかしいけど……。でも、わたしも瞬と一緒にいたい」

美夏の熱が彼女の掌から伝わってくる。

瞬は素早くキーを回し、エンジンをかけ、アクセルを踏み込んだ。

第七章　甘くて切ない距離

　ふたりきりの休日を過ごした翌日、瞬は始発便のコックピットに乗り、東京に飛び立った。

『来週も、おまえに会いに飛んでくるから。いい子で待ってろよ』

　笑いながらそんな言葉を口にした。

（まあ、飛んでくるのは間違いないんだけど……）

　この二ヶ月、瞬は十二年分の情熱と愛情を与えようとしてくれている。

　なんといっても、愛し愛されて抱き合うことが、こんなにも素晴らしいことだとは思ってもみなかった。美夏は初めて味わう女としての幸せに、心も身体もフワフワと浮き立ち、雲の上を歩いている感じがする。

（わたし、瞬に愛されている……のよね？）

　ふたりでいるときは瞬の愛情を疑うこともない。美夏は幸せな気分にどっぷりと浸っていられる。

だが、一旦離れると……たった一度の恋愛経験が頭をよぎり、美夏の取り戻しかけた自信を危うくしていく。

『おまえは本命のいないときの繋《つな》ぎ』

『地元に戻ったときの現地妻』

さんざん馬鹿にされて、あっさり捨てられたときの言葉が、美夏の心に今もまだ突き刺さっている。それはまるで、氷の棘《とげ》のようだった。

瞬は時々、言葉も態度も荒っぽくなる。だが、基本的に優しい人だ。

優しいからこそ、遠慮がちに言葉を呑《の》み込む美夏に、もっと我がままを言わせようとしてくれるのだ。

小春から、瞬に妊娠させられ捨てられたと聞いたとき、美夏は自分でも信じられないくらいのショックを受けた。

武司のせいで、パイロットは全員が女にだらしないと決めつけていた。

だが、瞬の存在を知り、彼だけは違うんじゃないか、と思い始めていたからだ。それなのに、まさか女子大生相手にそんな真似をする人だったなんて。

美夏はまるで自分自身が裏切られた気持ちになり、つい、公衆の面前で彼の顔を叩《たた》いてしまった。

ところが、それが誤解だとわかったとき、瞬は豹変《ひょうへん》した。犯罪スレスレの強引さで、美夏に身体の関係を迫ってきた。

（今になって思えば……最初から、わけのわからないことを言ってたような？　賠償金を支払えって言いながら、全然、請求してこなかったし……）

それだけじゃない。

瞬のO空港へのフライトがさらに増え、周囲には恋人だと思わせるような行動ばかり取る。休日は市内のホテルのスイートルームを予約してくれて、ふたりはひと晩中、心ゆくまで抱き合った。

その間、彼は一度も避妊しなかったのだ。

（わたしが妊娠したら結婚してやる、なんてことも言ってたのよね）

あとから、どんな理由をつけてでも、美夏を自分のものにしたかった——そう言われたら、怒ることなんてできない。

瞬は美夏が最初に思ったとおりの人だった。自分の家族を大切にしていて、美夏の両親にも丁寧に挨拶してくれた。

だから大丈夫、今度こそ大丈夫、瞬を心から愛して信じても、彼なら絶対に美夏のことを裏切ったりしない。

心の中で何度も繰り返した。

「――ちょっと、美夏ったら！　婚約ボケもいい加減にしてくれない？」

瞬のことを考えていたらボーッとしていたみたいだ。

空港ショップで働くもうひとりの社員、菅原祥子が呆《あき》れた顔で睨《にら》んでいる。彼女は立場的には美夏の部下になるが、同じ年齢で仲のいい友だちだった。

「あーっと、ごめんなさい。何か言った？」

「在庫チェックを済ませたから間違えずに発注しておいてね、って言ったんだけど……全然聞いてなかったみたいね」

「き、聞いてるわよ。うん、わかった。どうもありがとう」

在庫表を受け取りながら美夏は答える。

だが、

「こないだみたいにぼんやりして、桁ひとつ間違えないでよね！　発注前に気づいたからよかったようなものの、届いたあとじゃどうしようもないわよ」

「はい、反省してます」

結婚式を来春に決めて、ちょうど仕事が終わったら本店に寄り、上司に退職願を出そうと考えていた日だった。

『一日も早く嫁さんにしたい。入籍だけでも先にして、一緒に暮らしたいけど……ご両親にろくでもない男だって嫌われたくないから、我慢する』

瞬にそんなふうに言われて抱きしめられたことが、美夏はどうしても頭の中から追い出せず……。

つい、心ここにあらずで、ゼロをひとつ多くつけていたらしい。そのことに発注直前で気づいた、というより、祥子が気づいてくれたのだった。

それ以来、逐一確認されるのはうるさいが……。

絶対に間違わないという自信もないので、最終チェックは祥子に任せている。

「ったく、さっきから何思い出して百面相してることやら」

「ひゃ……百面相なんてしてないわよ！」

「ヘラヘラ笑ってるかと思えば、急に深刻な顔になるし、そうかと思えば、ヤラシー顔して身悶《みもだ》えしてるし」

「してませんっ！」

美夏が叫ぶと、黙って聞き耳を立てていたパート社員たちも堪えきれずに笑い始めた。

「はい、コーヒー」

店舗の奥、バックヤードの隅に休憩スペースが作ってあった。パイプ椅子が二脚置ける程度だが、テナント合同で使用することになっている休憩室よりよっぽど寛げる。

祥子から差し出された紙コップのコーヒーを受け取りつつ、

「ありがと」

「どういたしまして。店長のツケだから気にしないで」

自動販売機でどうやってツケにしたのよ、とは言わず、祥子の冗談に美夏も笑った。

「それとも、旦那のツケにしたほうがよかった？」

「まだ、旦那じゃないわよ」

「そーお？　でも、あっちは完全に亭主気取りよね」

「それって……」

思わせぶりな祥子の言葉に、美夏も〝あること〟を思い出す。

彼女が言いたいのは——ちょうど二週間前のことだ。

O空港へのフライトでこの店に立ち寄った瞬が、バックヤードで美夏に襲いかかっている男を見つけ、殴り飛ばした一件に違いなかった。

相手の男は、幸福屋グループの配送会社に勤める空港ショップの担当者だ。

店頭に並んだ商品は、すべて同じ幸福屋グループの配送会社が一括して運んでくることになっていた。

その男は、美夏より少し若い二十代後半で、パート社員たちの評判もよかった。美夏の前任者である四十代の元女性店長からも、『担当になって三年目、融通を利かせてくれるいい青年』と聞かされていた。

ただ美夏が気になったのは、何気なく口にするセクハラめいた冗談の数々――。

『ジャンボジェットには負けるけど、俺、十トントラック並みのパワーはあるよ』

そんなことをニヤニヤ笑いながら言われては、不愉快極まりない。

瞬もいやらしいことは口にするが、それは美夏だからだ。恋人同士のじゃれ合いと、職場でのジョークが同列であるはずがない。

彼はパート社員に向かっても『お袋に比べたらスタイルいいよ。ヒップも垂れてないし』などと言う。本人は褒めているつもりらしいが……。

だが――相手は息子と変わらない年齢、むきになるほどのことでもない。パート社員たちにそう言われては、新任の美夏にはどうしようもなかった。

それに、配送に関して融通を利かせてもらうこともあるかもしれない。いろいろ考えると無下にもできず、親睦の意味を込めてお茶やカラオケの誘いに応じることもあった。もちろん、複数で。

ところが、しばらくすると、彼は美夏と一対一で会いたいと言い始めた。

そこであたふたすれば、美夏には新店長として人を使う能力が足りない、と会社から評価されるかもしれない。

そう思われたくない一心で、美夏は彼の誘いを笑って聞き流すことにしたのだ。

それだけで、暗にお断りだとわかりそうなものだが……担当者には通じず、彼の言動はしだいにエスカレートして、馴《な》れ馴《な》れしいものに変わっていく。

納品のとき、わざとバックヤードでふたりきりになったり、さりげなさを装い身体に触れたり……。

そして二週間前——彼はとうとう、とても〝気のせい〟ではごまかしきれないような行動に出たのである。

きっかけは、美夏がパイロットと交際を始めた、という情報を、パートの社員から聞いたことだった。

『どうせ、その男がこの空港に来たときだけの付き合いだろう？　パイロットって肩書きに引っかかるなんて……店長さんも意外とミーハーなんだな。それとも、股が緩いタイプ？』

ふたりきりになるなり、彼はそんな卑猥《ひわい》なことを口にし始めた。

美夏は聞こえなかったフリで、さっさと仕事を済ませようとするが、それに苛立ったのか、背後から抱きついてきたのだ。

『きゃ……』

美夏はびっくりして小さな声を上げてしまう。

男から逃れようとしたが、目の前には商品保管用の棚があり、どこにも逃げ場所がない。そのまま体重をかけられ、美夏の身体は棚と男の身体に挟まれてしまった。

一瞬で、全身に鳥肌が立つ。

（悲鳴を上げるべき？　でも、騒ぎになったら……会社の名前にかかわるわ。あ、そうだ！　普通の声で祥子を呼んだら……それくらいなら）

美夏は慌てて祥子の名前を口にしようとする。

だが、『……しょう……こ……』まるで空気が漏れるような声しか出ない。

そういえば、本当に恐ろしい目に遭ったときは、大きな悲鳴など上げられないものだ、という話を思い出した。

もたもたしている間にも、男の吐息を首筋に感じ、美夏は涙が浮かんでくる。

(やだ、どうしよう？　どうすればいいの？　瞬、助けて……)

毅然《きぜん》とした態度に出なくては、そう思う反面、頭の中は真っ白だ。

ギュッと目を閉じ、棚を力いっぱい握った、そのとき――彼女の耳に誰かの足音が聞こえた。

直後、美夏の身体はふわっと自由になる。

慌てて逃げながら振り返ると、男は美夏から引き剝《は》がされると同時に、殴り飛ばされていた。そのまま襟首を摑《つか》まれ、バックヤードの床を引きずられていく。そして、従業員専用通路に繫がるドアから叩き出された。

『よくも、俺の美夏に触りやがったな。ぶちのめしてやる！』

そこには憤怒の形相の瞬が立っていた。

あとから聞いた話によると、瞬は祥子に案内されてバックヤードに足を踏み入れたのだという。

その瞬間、配送会社の男が美夏を襲っていたのだから……。

息を呑む祥子の横から、瞬は男に飛びかかり、廊下に叩き出してからも首を絞めそうな勢いだった。

「まあ、美夏からいろいろ聞いてたけどさ。それでも、基本は温和で知的な草食系だと思ってたのよねぇ」

「うん、そう見えるからね」

美夏も最初はそう思っていたので、素直にうなずく。

「でも、あんなワイルド系だとは思わなかったわ。警察に突き出してやるって言うのを、必死で宥《なだ》めたんだもんねぇ。おまけに……」

大きな問題にはしたくない、という美夏に『あんな野郎がいる仕事場はすぐに辞めろ！』と怒鳴り始めた。

一日でも早く結婚したいと言い出したのも、あの一件が原因だ。来春まで勤めるつもりでいたのを年末までに変更して、退職願を出した理由も同じだった。

ただ、配送会社の男だけはこのままにはできない、と瞬が言い張り……。

美夏と祥子は必死になって、幸福屋デパートのゼネラルマネージャーがオーナー一族の女性で、セクハラには厳しく対応してくれる人だから、二度とこんなことにはならないと説明した。

「でも、さすが相楽《さがら》GMよね。報告した次の日には担当が代わってるんだもの。やることが早いわ、ホント」

「そうね。でも、解雇にはならなかったって聞いたけど」

「倉庫勤務に回されたみたいよ。当然よね、あんなセクハラ男。倉庫の隅でネズミ相手にサカってればいいんだわ！」

祥子は当然のように吐き捨てる。

だが、美夏は〝当然〟とは思えず。

「ちゃんと謝ってくれて、二度としないって約束してくれるなら、それでよかったんだけど……」

「甘い！　あんたは男に甘過ぎるのよ」

「そんなことないって」

「悪かった、反省してるから許してくれ――なんて、元カレが言ってきたら、許そうなんて思ってないでしょうね⁉」

祥子の言葉に美夏はちょっと迷った。

自分の酷い言動を反省して謝ってくれるというなら、別に拒否する必要はないような気がする。

「もう、昔のことだから……」

「あんた、まさか……あの神谷さんとの結婚をキャンセルして、復縁なんて馬鹿なことを考えるつもりなんじゃ⁉」

祥子が全然違うことを考えていることに気づき、美夏は大慌てで宣言する。

「違うわよ！　謝罪だけなら受け入れてもいいって話。武司の顔なんて、二度と見たくないんだから。復縁なんて、冗談じゃない‼」

武司が美夏を口説いたのは、瞬に対する嫌がらせだった。

五年も付き合って、ひとかけらの愛情もなかったとは思いたくないが……。あの仕打ちから考えたら、なかったのかもしれない。

どちらにせよ、武司と付き合った五年間は取り消せない。

瞬と一緒に過ごすはずだった十年間も……。

(そうよ。本当だったら、最初から瞬と結ばれるはずだったのに。武司のせいで、十年も遠回りさせられたんだわ)

顔を見たら、きっと恨み言が山のように出てくるだろう。

だからこそ、会いたくないし、考えたくもない。今の美夏にとって、瞬がすべてなのだ。彼さえ傍にいてくれるなら、過去ではなく、未来のことだけを考えていたい。

美夏の断固たる否定に、祥子もやっと納得してくれたようだった。

「それならいいけどね。あんたって人がいいから……でも、人の善意につけ込むクズみたいな男ってけっこういるのよ。ま、似非《えせ》草食系の神谷コーパイがついていれば、あんたに近づく男は片っ端から叩きのめしてくれそうだし、その点は安心よね」

美夏だけじゃなく、瞬のことも、褒められたのか貶《けな》されたのか、よくわからない。だが、祥子が美夏のことを心配して、言ってくれていることはたしかだ。

祥子に安心してもらうつもりで、美夏は瞬のことを口にするが、

「まあ、片っ端から叩きのめされたら困るけど……でも、あんなふうに守ってもらえたのは嬉《うれ》しかったかなぁ。あと、『俺の美夏』なんて、なんか、恥ずかしいよね」

しだいに、美夏の脳裏には助けてくれたときの雄姿だけでなく、彼女を抱くときの情熱的な姿まで浮かんできて……。

「あーはいはい。それをノロケって言うのよ。バツイチで一年以上男ナシの私の前で、よくもまあ……今日のランチは美夏のおごりだからね」

美夏は火照った頬を押さえつつ、祥子の言葉にうなずいた。

＊＊＊

『それって……今週だけじゃないってこと？』

飛んでくると言っていた週の初め、O空港へのフライトがなくなったと連絡があった。

そんな瞬からの電話に、美夏はほんの少し不満の色を声に滲《にじ》ませた。

『……悪い。先輩の代わりに、国際線中心にシフト変更された。二週間、かかっても三週間だから』

一年先輩のパイロットが航空身体検査で不合格になり、再検査に合格するまで乗務停止になったのだという。

瞬はフライトのほとんどが国内線だ。彼が可能な限りO市へのフライトを志願しているせいでもある。

国内線のパイロットは一日に最高六フライトすることもあるという。瞬もO市と東京を何往復もすることもあるが、平均すると一日三回から四回のフライトが多かった。

一方、その先輩パイロットは主にロンドンやニューヨークの便に乗務していた。

パイロットは機種ごとに免許が必要で、瞬はロンドンやニューヨークに就航する機種の免許も持っている。そのため、先輩パイロットのシフトの半分を任されることになってしまったのだった。

パイロットにはフライト以外にも仕事がある。

今回のようにあらかじめ調整ができない、パイロットの事故や急病といったアクシデントに備えるため、空港に待機する、というのも仕事のひとつだ。それをスタンバイといい、当然、その時間も変更になった。

デートするためにふたりの休日を合わせたことが裏目に出て、スケジュールが全く合わなくなってしまったのだ。

『瞬は大丈夫だったの？　航空身体検査って』

『ああ、俺は酒もタバコも女もやらない模範パイロットだから』

美夏の質問に瞬は笑いながら答える。

『お酒とタバコはともかく……エッチはしまくりのくせに』

『おまえは別。あークソッ！　三日も会えないと禁断症状が出そうなのに、三週間なんてどうすりゃいいんだ⁉』

本当に切羽詰まった瞬の声に、美夏はクスクス笑った。

『わたしのほうから会いに行こうか？　水曜日が休みだから』

『ああ、その日は近場だけど、香港ステイだ。いいよ、戻ってきたら俺のほうが行くから。泊まりは無理だけど、最終便で東京に戻れば、翌朝のフライトには……』

畳みかけるような瞬のセリフを美夏のほうが遮った。

『いいわよ、そんなに無理しないで。こっちへのフライトがゼロってことじゃないんでしょう？　だったら、短い時間でも会えたら……顔を見るだけで嬉しいから』

少し、ほんの少しだけ、胸の奥がザワザワした。

瞬はひょっとしたら、美夏に東京の自宅まで来て欲しくないんじゃないか——とか。

（やだ、もう！　この疑り深い性格、早く治さなきゃ）

心の中で慌てて自分を叱ってみる。

『美夏？　なんか、またよけいなこと考えてる？』

『ち、違うわ。あの……次に会えるまで、瞬が浮気したら嫌だなーとか』

『それがよけいなことだろうが。言っとくけど、俺の絶倫は美夏限定だから』

そんな恥ずかしいことを堂々と宣言されても、なんと答えたらいいのかわからない。

『うーん、それって、ありがとうって言うべき？』

美夏が尋ねると、ほんの少し間があった。

『……礼はいいから、俺のお願いを聞いて欲しいんだけど……』

そこまで言うと、電話の向こうから急にかしこまった声が聞こえてきた。

『今、部屋にいるんだろう？　ひとり？』

『当たり前じゃない。こんなこと、親の前で話せる内容じゃないでしょ』

〝エッチしまくり〟なんてセリフ、絶対に瞬以外の人の前では言えない。

『お風呂上がり？　美夏はパジャマだっけ？』

『そうだけど……何？　何が聞きたいの？』

『……』

今度は、携帯電話から三秒ほど沈黙が流れてきた。

そして、おもむろに瞬が口にしたこととは……。

『あの、さ……いろいろ想像してたら、勃ってきたんだけど』

今度は美夏が黙り込む番だった。

中学生や高校生じゃないんだから、三十二歳にもなったいい大人が、どうしてこれくらいのことで……。

そう言い返すつもりだったが、口をついて出たのは別の言葉だった。

『ほ、本当、に？』

瞬も自宅のマンションにいるはずだ。彼はひとり暮らしなので、自宅なら、どこでどういう状態になっても問題はないのかもしれない。

直後、荒い息遣いとともに衣擦れの音がした。

『ね……え、ちょっと、瞬？』

『ズボン、脱いだ。今日はローライズのボクサーパンツだから、先っぽが見えてる』

赤裸々な返事に美夏の頬は熱くなる。

『美夏も……脱げよ』

それは紛れもなく、美夏を組み伏せるときの欲情した瞬の声だ。

熱の籠もった声色に、美夏の理性は真夏のチョコレートのように溶けてしまう。

（わたしはひとり暮らしじゃないんだからっ！　瞬と同じように、自分の部屋だからって脱ぐわけにはいかないのに）

そんなことを考えながら、立ち上がってドアに鍵をかけた。

アイボリーのカーテンがしっかり閉まっていることを確認して、ベッドに腰かけ、そっとパジャマのズボンを引き下ろす。

『脱いだ、けど……』

美夏の返事に電話の向こうでゴクリと息を呑む音が聞こえた。

『今、どんなショーツ穿《は》いてる？　俺が知ってるヤツ？』

『瞬……なんだか、エッチなイタ電みたいになってるんだけど……』

『教えろよ。でないと、二度と制服で抱いてやらないぞ』

思わず、『瞬の馬鹿、ヘンタイ』と叫んで電話を切ろうか、と考えた。

だが――。

『嘘だよ。おまえはさ、制服のネクタイほどくトコ、想像してみろよ。俺は、おまえのショーツ、脱がせたいんだけど……いいだろ？』

ふいに甘えたような声音に変わる。

美夏は電話口から伝わる瞬の声に、胸がキュンと高鳴った。

『えっとね……ほら、この間、車の中でしたときに穿いてた白いレースのと同じデザインよ。あれの色違いでピンクだけど……わかる？』

『ああ、おまえが自分でクロッチ部分をずらして挿入してくれたヤツだ。ホテルで見たときはもうぐっしょりで……前が全部レースだから、濡《ぬ》れたらアンダーヘアがくっきり見えるんだよな』

『そ、そんなことまで思い出さないで！』

恥ずかしさのあまり、美夏は叫んでしまい……慌てて口を押さえた。

（わたしの馬鹿っ。お母さんとか、小春がきたらどうするのよ。鍵……ちゃんとかけたよね？　こんな格好、絶対に見られたくない）

だが、電話の向こう側――瞬のほうはショーツの形状をしっかり思い出したことで、

エッチなスイッチが入ってしまったようだ。

『ダメだ……なんか完全に、おまえの中に吸い込まれる感覚を思い出した』

はあーっ、と切なげなため息が聞こえる。

『瞬……平気？』

『平気じゃない。真上向いてギンギンに張り詰めてる。おまえが欲しいよ、美夏……おまえの中に押し込みたい。美夏は平気か？　俺のコイツ、欲しくない？』

美夏も平気ではなかった。

エロティックな瞬の声を聞いたときから、美夏の躰《からだ》は奥から疼《うず》き始め、恥ずかしいくらいに反応している。

『美夏……おまえのアソコはどうなってる？　濡れてたら、入れてもいいか？』

ドアのほうを振り向き、ちゃんと鍵がかかっていることを見届けてから、そっとショーツの中に指を入れた。

指先にヌルッとした感触が伝わってきて、美夏は内股を閉じる。

（ホントに言うの？　こんなこと、口にしちゃっていいのかな？）

頭の片隅に残った理性が働き、躊躇《ちゅうちょ》してしまう。だが、そんな美夏の背中を押すような、瞬の切迫した声が聞こえてきた。

『入れたい、美夏、もう我慢できそうにない』

『……瞬、わたしも、濡れてるの。だから、瞬の……欲しい』

『俺のが入るくらいヌルヌル？』

『ん……入ると思う』

『わかった。じゃ、自分の指を入れてみろよ。ゆっくり……押し込むんだ』

言われるとおり、瞬がするように中指を一本だけ挿入してみる。

『んんっ……ぁ、んっ』

全く触れたことがない、とは言わないけれど、自分の指を中に押し込むなんて初めてのこと。美夏は悪いことをしている気がして、ドキドキが鎮まらない。

『根元まで、ズッポリ入ったか？』

『は……いった、みたい』

『じゃあ、ゆっくりでいいから、指で掻《か》き回すようにして……いつも俺がするように。あ、そうだ……親指で敏感な部分をまさぐってみろよ。ぷっくりと膨らんで、硬くなった尖《とんが》りだ……グリグリ回して、ほら、気持ちいいだろ？』

耳の奥に瞬の声が滑り込んでくる。

彼はわざと卑猥《ひわい》な言葉を選んでいるようだ。それも、美夏の興奮を煽《あお》るために……。

そのことをわかっていながら、蕩《とろ》けるような誘惑に抗うことができない。言われるままに、指を動かしてしまう。

『やっ……あ、ぁ、こんな……ぁっん』

『おまえの中、熱くて、きつくて……俺のコイツに、ねっとりと絡みついてくる。メチャクチャ気持ちいい……』

『う……ん、わたしも、そんな感じがする……なんか、狭い……こんなに狭いのに、瞬のあんなに大きなのが入っちゃうんだ』

指が飲み込まれるような、不思議な感触だった。

美夏は親指で花芯を弄りつつ……瞬の張り詰めた猛りを胎内に挿入されているような、そんな錯覚に陥った。

『ああっ！　瞬、好き……愛してるの』

荒い息で愛の言葉を口にしたとき、電話の向こうからも逼迫《ひっぱく》した息遣いが聞こえてきて――。

『あぁーもう……ダメ、だ。美夏……愛してる。愛してる、一緒に……くっ』

その声と同時に、美夏も絶頂を迎える。

堪えきれず、声を上げてしまいそうになり――美夏は枕に突っ伏していた。

『んん……んふっ……んんんっ』

六畳の部屋の中に、荒い息遣いが広がった。

いつもなら、その瞬間は彼と一緒に迎える。だが、今は美夏ひとりだけ……。そのとき、蜜に浸されたままの指に気づき、慌てて抜いた。

脚の間に感じるヌメリに、美夏は頬が熱くなる。

少しして、声を出したのは瞬が先だった。

『美夏……おまえの声、エロ可愛い過ぎ。俺、マジで声だけで達《い》かされるとは思わなかった』

『しゅ、瞬が、やれって言うから……』

『悪い悪い。でも、美夏も気持ちよかっただろ?』

瞬の声が妙に甘くて、優しくて、美夏も素直な思いを口にしてしまう。

『ん……よかった。えっと、ね……わたしも、達っちゃった』

言葉にしてすぐ、なんて恥ずかしいことを言ってしまったのだろう、と美夏は身悶えする。

その反面、こんなことまで言える恋人に出会えたことが嬉しくて仕方なかった。

だが、電話の向こうからは絶句する瞬の気配が伝わってきて……。

『おま……そ、そんな、可愛い声で、なんてことを言うんだ⁉』

『ごめん、怒った？』

『ああ、クソッ！　どうすんだよ、せっかく宥めたのに……責任取れよな』

美夏は枕を抱きしめたまま、クスクスと笑う。

『もう、しょうがないなぁ』

恋のもたらす甘い余韻に酔い痴れるふたりだった。

＊＊＊

瞬は会えなくても毎日電話をくれる。

それに、この程度で寂しいと言っていてはダメなのだ。

パイロットは一ヶ月に七日、多いときは十日もステイがある。そのときは、ひとりで瞬の帰りを待つのが妻の役目だ。

閉店後の処理を終えて更衣室で着替えながら、美夏の話は、結婚や瞬のことばかりになってしまう。

「瞬がね、結婚式は地元でやりたいって。うちの母は遠出ができないでしょう？　負担なく出席してもらうためには、こっちで挙げるほうがいいって言ってくれたの」

「はいはい、ご馳走《ちそう》さま」

明日は祥子の公休日だ。それに合わせて、美夏も休みを取った。結婚式場の見学に付き合ってもらうためだ。

こういうときは本店から応援を頼むことになっている。

繁忙期だと嫌な顔をされるが、今は閑散期なのでそうでもない。応援にくる社員にとっても、たまの空港勤務は目新しくて刺激になるのか希望者も多いと聞く。

ふたりは着替えを終えると、一緒に駐車場に向かった。

「どんな式にするか全然決めてないの。あちこち回りたいから、経験者の意見を聞かせてね」

「離婚の経験も参考にする？」

「それは――今のところ、遠慮しておきます」

美夏が真面目な声色で答えたあと、ふたりは顔を見合わせて笑った。

職員専用の通路を通り抜けると、一般のフロアに出る。その瞬間、美夏の視界にパイロットの制服が入った。

条件反射のように瞬のことを思い浮かべたが、明日は国際線のフライトがあるのでO市にいるはずがなかった。

そもそもここは空港なのだから、何人ものパイロットが行き来していて当然だ。

深く考えず、祥子と明日の待ち合わせの時間を確認しようとした。

そのとき——。

「美夏、久しぶりだな」

聞き覚えのある声に美夏の足が止まる。

それは、美夏をさんざんもてあそんで捨てた男、福田武司の声だった。

第八章　あなたを信じたい

美夏は恐る恐る振り返った。

武司の顔を見た瞬間、彼のイメージがあまりに変わってしまったことに息を呑《の》んだ。

昔、制服の襟にかかっていた茶髪が、今はずいぶん短くなった。多少、髪が少なくなった気がするのは長さのせいだけではないだろう。かつてはシャープに思えた頬や顎のラインも、今は少し緩んで見える。

年齢のせいか、あるいは少し太ったのかもしれない。

（幸せ太り？　うーん、でもそういう感じじゃないような）

むしろ荒んで見え、美夏は何を言ったらいいのかわからない。

「そんなびっくりした顔するなよ。おまえ、空港ショップ勤務になったんだって？　俺、ずっとおまえに会いたかったんだ」

武司は懐かしそうな声で言いながら、美夏の身体を舐《な》め回すように見ている。

その視線はまるで、今でも彼女が自分のものだとでも言っているようだ。彼の視線を感じるだけで、美夏は気持ちが悪くなる。

「いい女になったよなぁ。なあ美夏、昔みたいにさ、上の送迎デッキで話そうぜ」

そんなことを言いながら武司は一歩一歩近づいてきた。

武司の言う『昔みたいに』――それが何を意味するか、すぐにわかった。

美夏は屈辱に満ちた過去を思い出し、身体が動かなくなる。思考がストップして考えも纏《まと》まらず、声も出せない。

そのとき、祥子が美夏を気遣うように、武司との間に割って入った。

「美夏、大丈夫？　この人、ひょっとして……」

祥子の声も心なしか震えていた。

武司にされた仕打ちは、彼女にも全部話してある。だが写真の一枚も残していなかったため、武司の顔を知らないのだ。

美夏がなんとかうなずくと、祥子は美夏の腕を摑《つか》み、つかつかと出口に向かった。

「おい、ちょっと待てよ！」

そう言って追いかけてきた武司が美夏の肩に触れようとした瞬間――祥子が鋭い声を上げる。

「ちょっと、あなた！　私たちの身体に指一本でも触れたら、すぐに通報しますよ。空港内には派出所があって、警察官が常駐しているんですから！」

「な、なんだよ、この女。おい美夏、関係ない奴には帰ってもらえよ。おまえだってさ、ふたりきりでゆっくり話したいだろ？」

武司のようなろくでなしに『この女』呼ばわりされ、祥子はムッとした顔つきになる。

彼女は言われっぱなしで黙っている女性ではなかった。

「そっちこそ、赤の他人のくせに呼び捨てなんて、失礼だと思わないの⁉」

「俺とこいつは五年も付き合って……」

「こいつ、ですって？」

祥子は武司のひと言ひと言にピリピリした反応をしている。このままいくと、大変な騒動になってしまいそうだ。

美夏は慌てて祥子の腕を摑んだ。

「お願い、待って。大丈夫……大丈夫だから、心配しないで」

「美夏……」

いくら最終便間近で空港の利用者が少ないとはいえ、こんなところで言い合いになれば、嫌でも目立ってしまう。

ここ最近、何かとお騒がせな美夏としては、これ以上問題は起こしたくない。

そんなことを考えつつ、彼女は深呼吸する。

「お久しぶりです、福田さん。わたしになんのご用でしょうか？」

過去の複雑な思いを振り払い、美夏は武司と正面から向き合った。

「ずいぶん他人行儀じゃないか、俺たちの仲なのに」

「五年も前に別れた人なんて、彼女の言うとおり赤の他人ですから」

きっぱり言い返すと、武司はバツが悪そうに目を逸らした。

「後悔してるよ。俺が好きなのは美夏だけだった。でも、つい出来心で手を出した女に子供ができて……仕方がなかったんだ。わかるだろう？」

向こうが本命。美夏は単なる浮気相手で現地妻――そう言ったのは武司のほうだ。

それ以外にも美夏が何年も立ち直れないほど酷い言葉をぶつけておいて、今さら〝出来心〟も何もあったものではない。

隣で祥子がギリギリと歯軋《はぎし》りをしている。よほど腹に据えかねているようだ。美夏にしても愉快なわけはないが、今にもブチ切れて武司に飛びかかりそうな祥子がいては、逆に心配でハラハラしてしまう。

何年もの間、武司に会ったらどんな気持ちになるだろう、と考えてきた。

とくに、瞬から十年前の真実を聞いて以降、美夏の心は恨み言でいっぱいだった。

それなのに、武司の顔を見た瞬間、美夏の胸には……なんの感慨も浮かんではこなかったのだ。

それどころか、

(武司って、こんな顔だった？　もうちょっと、カッコよかった気がしたんだけど……。

うーん、わたしって、彼のどこが好きだったの？)

美夏はあらためてそんなことを考えてしまう。

何より、美夏自身が驚いたことがひとつ——。

どうしたことか、武司の制服姿を見ても全くときめかないのだ。その辺を歩いている、いろんな会社のパイロットたちと同じにしか見えない。

黙ったままの美夏を見てどう思ったのか、武司は媚《こ》びるように笑った。

「俺さ、離婚したんだよ。子供のために結婚したけど、上手くいかなかった。おまえのことが好きだから……。でも中途半端はよくないと思って、ちゃんと離婚してから会いにきたんだ。俺とやり直してくれるだろう？」

美夏は唖然《あぜん》とした。

何を今さら、というより、彼は正気なのだろうか？

五年も前に切り捨てた女と、どうしてやり直せると思うのだろう。

大きく息を吐いたあと、美夏はゆっくりと口を開いた。

「申し訳ありませんが、あなたの離婚にはなんの興味もありません。わたし、もうすぐ結婚するんです。まあ、あなたには関係ないことでしょうけど、念のため……失礼します」

美夏は軽く一礼すると、一刻も早く、その場を離れようとする。

ところが、そんな彼女の背中に、武司は思いがけない名前を口にした。

「ああ、知ってるよ。ＢＮＡの神谷瞬だろう？」

まさか瞬の名前が出てくるとは思わず、美夏はドキッとする。

勝手に足が止まり、振り返ってしまう。

「執念深い男だからなぁ。俺のことを妬んで、十年経ってるのにおまえに手を出すんだから、卑怯《ひきょう》な奴だよ。まさか、あいつと本気で結婚しようなんて思ってないよな？」

「何が言いたいの？　卑怯なのはあなたのほうでしょう？　わたしが出会うはずだったのは瞬だわ。それを……あなたが邪魔したんじゃない！」

冷静さを装っていた仮面が脆《もろ》くも剝《は》がれ、美夏はムキになって叫んでいた。

「俺も好きだったからに決まってるだろう？　好きな子を奪われないようにしただけだ。それのどこが悪いんだ？　俺たちは五年も仲よくやってたじゃないか。おまえだって、俺とのセックスが好きだったろう？」

「やめてっ‼」

美夏は肩で息をする。

そんな彼女を見て、武司はニヤッと笑った。

「こんなトコでする話じゃないよなぁ。だから、ふたりきりって言ったんだ。ほら、来いよ」

その口調から、いやらしさがにじみ出てくる。

すると、とたんに昔のみじめな恋を思い出し、美夏は気力を失った。

そのまま、武司の言いなりになってしまいそうに見えたのか、祥子に肩を摑まれ、揺さぶられた。

「美夏、行っちゃダメよ！」

「うるせーんだよ。おまえは無関係なんだから黙ってろっ！」

引き止めようとした祥子に武司は凄んで見せる。

その直後、武司は強い力で美夏の腕を摑んだ――だが、ハッと我に返り、美夏は勢いをつけて振り払った。

「わたしに触らないでっ！　あなたの顔なんて見たくない……もう二度と、わたしの前に現れないでっ‼」

頭の中がカーッと熱くなり、目に映る景色が涙で歪《ゆが》む。

そのとき、一階ロビーを小走りで駆けてくる足音が聞こえた。女性の叫び声を聞きつけ、常駐する警察官が駆けつけてきたらしい。

訝《いぶか》しそうな警察官に向かって武司は、

「JATのパイロットで福田と言います。彼女とは昔なじみで……いやあ、ちょっと誤解があっただけですよ。まいったなぁ」

人の好さそうな笑顔を見せる。

武司の肩書きとその笑顔にすっかり騙《だま》された様子で、警察官の表情も一気に柔らかくなった。

「実はこれを渡したくて呼び止めただけなんですよ」

笑いながら近づいてくる武司に、美夏が警戒心を露わにしたとき、彼は内ポケットから一枚の封筒を取り出した。

「これを見てもまだ神谷のことを信じられるかな？」

小さな声で言ったあと、武司は白い封筒を彼女の手に押しつける。

美夏は仕方なくその封筒を受け取り、握りしめたまま、立ち去っていく武司の背中を無言で見送った。

＊＊＊

『いい、美夏。神谷さんに連絡を取って、ちゃんと話し合うのよ。ひとりでいろいろ考えて、思い詰めたらダメよ。なんたって、あの卑怯者の小悪党が持ってた招待状なんだから……いいわね？』

別れ際、祥子はしつこいくらいに繰り返していた。

わかっている。そんなことは、嫌というほど承知しているつもりだ。

でも……。

瞬はもともと、機長の椅子を確実に得るため、上司の娘と婚約した男性だ。ということは、出世願望は人並み以上にあると思ったほうがいい。

それだけではない。容姿から考えても、武司よりよっぽど女性にもてるだろう。その証拠に、美夏との交際があきらかになったとたん、彼と同じ会社のＣＡが何人も空港ショップまでやってきた。

買い物は単なる名目で、わざわざ美夏の顔を見にきたり、そのついでに嫌みを言ったりするためだ。

『ご苦労なことね。まあ、気持ちはわからなくはないけど』

祥子は笑っていたが、美夏はとても平気な顔ではいられない。

正式に交際を始めてから、美夏はずっと悩んでいることがあった。

彼女が東京に行くと言うたび、瞬は何かと理由をつけ〝不在〟になる。それが意味することは、美夏に東京の自宅までこられたら困るということではないだろうか。

ひょっとしたら、別に親しい女性がいるのかもしれない。

(わたしのことは、お互いの親も巻き込んじゃってるから、本当に結婚する気だと思うけど……それなら、東京妻がいる、とか？　だって、そうじゃなかったら)

美夏は奥歯を嚙《か》みしめ、空いたままの左手の薬指に触れる。

瞬には、東京で親しい関係の女性がいたのかもしれない。その女性は何も知らず、瞬との結婚を夢見ていた。だが、ある日突然、瞬は地元の女性と婚約してしまう。

怒った女性は衝動的に、〝予約〟を入れてしまったのかもしれない。

――というくらいのことしか思いつかない。

武司から渡された封筒に入っていたのは結婚式の招待状だった。

式場には港区にあるゲストハウスの名前が書かれ、日取りは十二月の半ば——今からひと月先だ。

そしてそこに書かれていた名前は、神谷瞬と片瀬幸穂《ゆきほ》。

仲よく並んで書かれたふたりの名前に、美夏は立ち上がれないほどのショックを受けていた。

翌日、祥子と市内の結婚式場を見て回る予定だったが、それをすべて取りやめた。

こんな気持ちで結婚式のことなんて考えられるはずもない。第一、武司に渡された招待状が、万にひとつも本物だったら……。

真相を尋ねたくて、何度も瞬に電話をしようとした。

だが、怖くてできない。これまでは、携帯にかけたことしかなかった。自宅にかけて、見知らぬ女性が出たとき、自分はどうすればいいのだろう？

美夏は迷って、迷って……電話ではなく、瞬の顔を見て尋ねることに決めた。

ちゃんと向き合って、本当のことを聞こう。

瞬は絶対に武司とは違う。きっと、美夏が納得できる答えをくれるはずだ。瞬がきちんと誤解だと説明してくれたら、そのときは無条件で彼の言葉を信じたい。

今日は香港ステイと言っていた。

(だったら、わたしが香港まで行こう！)

美夏が香港に着いてから、彼の携帯に連絡を取ったほうがいい。そう決意して、美夏はO空港に向かった。

毎日通う道のりが、これほどまでに遠いと思ったことはない。

ため息をつくたび、胸に溜《た》まった重苦しい空気を吐き捨てる。なのに、一向に胸は軽くならない。喉の奥に鉛が詰まっているみたいだ。

美夏が国内線のチェックインカウンターに近づいたとき、後ろから声をかけられた。

「あら、今日はお店じゃないのね」

BNAの制服を着たCAたちだった。

その中のひとり、ひと際洗練された容姿の女性がいる。濃紺のジャケットに紫色のスカーフを首に巻き、胸のネームプレートには〝木戸《きど》〟の文字。

彼女の顔だけは、忘れたくても忘れられない。美夏が瞬に告白しようと追いかけたとき、足を引っかけて転ばそうとした女性だった。

さらに、彼女はフライトでO空港を訪れるたび、わざわざ美夏のショップまでやってくる。もちろん美夏に、皮肉めいた当てこすりを言うためだった。

「うちの会社で東京行きってことは、戻りの便にご搭乗いただくのかしら？　ご利用ありがとうございます、心を込めてお世話させていただくわ」

にっこり笑って小首を傾げる。

言葉遣いは丁寧だが、とても本心から言っているとは思えない。

木戸の身長は美夏とそう変わらないし、スタイルだって極端な差があるとは思えない。ただ、ひと筋の乱れもなく纏められた髪や自信に満ちた表情に、コンプレックスを刺激されるのも事実だ。

美夏がかつてＣＡ志望で、ＢＮＡを含む数社の採用試験に落ちたことなど、彼女たちが知るはずもない。

だが、今の美夏の心理状態では、すべてを悪いほうに考えてしまうのだ。

（本当は、わたしがＣＡの採用試験に落ちたことを知ってるから、馬鹿にしているのかもしれない）

同じ会社のＣＡなら、何か知っている可能性はある。

思いきって、瞬のことを聞いてみようか、と思ったときだった。

「神谷コーパイの休みに合わせてデートなんて、いい気なものね。あなたのせいで傷ついてる女性がいるって言うのに」

木戸の言葉に、美夏は尋ねようとした内容が吹き飛んだ。

「瞬……神谷さんは、フライトで香港じゃないいんですか？」

「今日明日は休みじゃなかった？　スタンバイにも入ってなかったわよね？」

木戸は後ろにいるCAたちに向かって、確認を取るように声をかける。全員が顔を見合わせるようにして、木戸の言葉にうなずいた。

「ああ、そういえば片瀬機長もお休みだから、例の件でいろいろ相談しているのかもね」

〝片瀬〟の名前のドキッとした。

「それって……片瀬幸穂さんとおっしゃる方のことですか？」

美夏は上ずりそうになる声を必死で抑える。

木戸は思わせぶりに微笑んだあと、美夏の横で立ち止まった。そして、後ろの同僚たちに聞こえない声で呟《つぶや》いた。

「ええ、そうよ。――瞬のセックスって凄いものねぇ、見た目と違って。多少無茶をしても取り戻したくなる気持ちってわかるわぁ。あなたも、でしょ？」

たちまち、瞬を信じようとする気持ちに、冷水を浴びせられた気になる。

（どうして……香港ステイだなんて嘘《うそ》を言ったの？　どうして、木戸さんが瞬のセックスのことを知ってるの？　どうして……どうして？）

目の前がグルグル回り始め、美夏は呆然《ぼうぜん》と立ち尽くすだけだった。

＊＊＊

美夏はO空港の送迎デッキにいた。

ぼんやりとベンチに腰かけ、金網越しに飛び立つ飛行機を眺める。自分が乗るはずだった便はとっくの昔に飛び立った。

いったい何時間座り込んでいたのか。何機離陸し、何機がこの滑走路に着陸したのか、何も思い出せない。

日が暮れて空港の周囲は真っ暗だった。

近くには、宿泊施設や建物がいくつかあるのだが、山の中なので木々が邪魔をして空港の灯り以外、ほとんど何も見えない。

瞬が美夏にこだわったのは、武司に対する十年前の仕返しだったのかもしれない。

あの武司の言葉が正しいとは思いたくないが、そうでなければ、美夏を東京に寄せつけない理由が考えつかない。

香港へのフライトが嘘だとわかった以上、すぐに瞬と連絡を取り、招待状を突きつけて釈明を求めるべきだ。ふたりの関係とはいえ、もはやふたりだけのことでは済まない。小春と耀の関係にも影響が出てきてしまう。

お互いの両親まで会わせながら、瞬はどうしてこんな嘘をついたのか。ちゃんと問い質すのは美夏の責任だ。

わかっているのに、気持ちばかりが急いて身体が動かない。

真実を知ることで瞬を失うことが怖い。

それくらいなら……このまま、美夏が知らないふりを続けたら？

（瞬の気が変わって、わたしを選んでくれるかもしれないじゃない。たとえ、本当に愛されてなかったとしても……）

悲しみが無数の針となって、美夏の胸を突き刺した。痛くて、痛くて、顔を上げることもできない。

それは、武司に捨てられたときは違う痛みだった。

うなだれる美夏の背後から、カツンと足音が聞こえた。

「へえ、懐かしさに送迎デッキまでやってきたら、おまえがいるなんてなぁ。これって運命だと思わないか？」

武司だった。

制服を着ているのでこれからフライトなのだろう。

「酷い奴だよなぁ。純粋なおまえを騙すんだから」

何も答えずにいると、武司は美夏に断ることなく、ベンチに腰を下ろした。そのまま、スルスルと近づいてくる。

身体が触れそうなところまで近づいてきて、美夏はゾッとした。

武司はいまだに、美夏を自分のモノのように考えている。何をしてもかまわない、と思っているのかもしれない。

（やだ……逃げなきゃ）

こんな場所に武司のような男とふたりきりでいてはダメだ。そう思うのに……心と身体が分離したかのように、立ち上がる気力すら出てこない。

「なあ、あの野郎のことは忘れて、俺とやり直そうぜ」

武司の手が美夏の肩に回された。

抵抗する間もなく、グッと力を込めて抱き寄せられる。

「は、離して……わたしのことは、もう放っておいて」

「俺が慰めてやるって言ってんだよ。ほら、そこの紳士用のトイレで……おまえも覚えてるだろ？ ベッドの上より、この制服を着たままのほうが感じてたもんなぁ。そうだろ？ 思い出せよ、美夏」

武司を押しのけようとするのだが、どうにも力が入らない。

瞬の妻になりたい。ずっと瞬の傍にいさせて欲しい。美夏の望みはそれだけだったのに、どうして、こんなことになっているのだろう？

そう思ったときだった——。

「なんでこんな男と一緒にいるんだ？ しかも携帯の電源を切ったままで」

ベンチに座ったふたりのすぐ近くに、スーツ姿の瞬が立っていた。ネクタイも締めず、髪も手櫛《てぐし》で整えた程度で、肩で息をしている。

彼は怒りに満ちたまなざしを武司に向けた。

それはまさに、視線で射殺すといわんばかりの目だ。美夏の身体はビクッと震えたが、武司に至っては飛び上がるようにしてベンチから——美夏から離れた。

彼は少し距離を取ってから、瞬に向かって笑った。

「美夏と、やり直そうと思ってさ。俺、こいつのために離婚したんだぜ。おまえは俺の代わりだったんだから……そうだよな、美夏！」

偉そうに言うわりに、武司の声は震えている。どうやら彼は、瞬のことを恐れているらしい。

瞬のほうはと言えば……武司には目も向けず、ひたすら美夏の顔をみつめている。

「そうなのか？」

「決まってるじゃないか。俺たちは……」

「おまえは黙ってろ！」

瞬は武司を一蹴する。

「俺は美夏に聞いてるんだ。おまえは本気で、このクソ野郎とよりを戻すつもりか？　あんな目に遭わされたのに、それでもまだこの男が好きなのか？」

その質問を聞くなり、美夏は勢いよく立ち上がった。

「違うわ！　わたしが好きなのは……愛してるのは、瞬だけよ。だから……もし、あなたが――」

自分を選んでくれるなら、なんでも言うとおりにする。そう言いかけて、美夏はグッと言葉を呑み込んだ。

「あなたが……片瀬さんを選ぶなら、そう言って！　わたし、あなたのすべてが欲しい。誰かと分け合うのも、二番目も嫌なの！　わたしだけの瞬でいてくれないなら、わたしのほうから別れます」

バッグから招待状を取り出し、瞬に向かって突き出す。

瞬は戸惑った表情をしたあと、ハッとした顔で美夏のことを見た。そして、見る間に青褪《ざ》めていく。

「なんでそれを⁉　ああ、こいつか……やっぱりクソ野郎だな、貴様は」

唸《うな》るように悪態をつくと、瞬は武司を睨《にら》みつける。

その視線を受けて、武司はとたんに挙動不審になった。目が宙を泳ぎ始め、とくに美夏からは後ろめたそうに顔を逸らせる。

「う、嘘は言ってないぜ。俺がもらったもんじゃないけど、ＢＮＡの知り合いに届いたから、それをもらっただけで……」

「だったら、その知り合いから聞いたはずだ。これは手違いで送られた招待状なので、破棄してくれっていう連絡があったことも」

「……え？」

美夏は驚いて武司を見る。

「さ、さあ、そこまでは……聞いてないっていうか、ちゃんと聞かなかったというか……。なんだよ、その目は？　そんなこと、俺が知るかよ！」

武司は美夏に向かって、逆切れしたように怒鳴り始めた。

ビクッとして彼女が身を竦《すく》めたそのとき――横から伸びてきた逞《たくま》しい腕に抱きしめられ、瞬の後ろに押しやられる。

彼はそのまま武司に近づき、両手で襟首を摑んだ。

「美夏は俺の婚約者だ。気安く触れるな！　いいか、二度と近づくんじゃないぞ。俺は絶対に美夏とは別れない！」

憎しみの籠もった声で言うと、突き飛ばすように手を離した。

武司は数歩よろけて壁にもたれかかる。

「美夏、俺と一緒に帰ろう」

瞬の手が美夏の手に重なる。

だが、彼女はその手を反射的に振り払っていた。

「……じゃあ、どうして？」

「美夏？」

「今日は香港ステイじゃなかったの？　ここにいるってことは、嘘ってことでしょう？　CAの木戸さんに聞いたわ。今日も明日も休みだって」

「それは……」

休みが取れなくて会えないと嘘をついたのだ。

ちゃんとした理由がないなら、嘘をつく瞬の気持ちがわからない。

「わたしのこと、東京のマンションに呼んでくれないのはなぜ？」

大粒の涙を浮かべてじっと彼の瞳をみつめる。

すると、瞬は大きく息を吐き、覚悟を決めたように口を開いたのだった。

「実は、今のマンションには、今年の春に引っ越したばかりなんだ。片瀬機長のお嬢さんとの話があって、承諾するつもりで……だから、ローンの保証人が片瀬機長なんだよ」

片瀬曰《いわ》く——ひとり娘を嫁にやるのだから、できるだけいい条件で暮らせるようにしてやりたい。結婚後にローンの大部分をこちらで負担するので、娘の選んだマンションにしてやってくれ。

そんな片瀬の親心にほだされ、瞬はハイクラスのマンションを購入した。

しかし、破談になった以上、片瀬に保証人でいてもらうわけにはいかない。

機長への昇格が見送られたとはいえ、パイロットの瞬にはそれなりの年収も預金もある。人を頼らなくてもローンの返済くらいなら楽勝だった。

だが、ハイクラスのマンションを一括で購入するほどの資産家ではない。

最初は、片瀬に代わる保証人を見つけ、ローンの問題をクリアした上で縁談を白紙に戻してもらうつもりだった。だが、なかなか思うようにいかず……。

美夏との関係が始まったあと、瞬はマンションを手放す決断をしたのだ。

だが、わずか数ヶ月のことなので、頭金や手数料はすべてマイナスになる。そのため、引っ越し先のマンションは賃貸になってしまい……。

もし、今のマンションに美夏を呼び、すぐに引っ越すことになれば、美夏は不審に思うだろう。縁談を断れずにグズグズしていた理由のひとつが、マンションを手放さずに済むなら、という男の見栄が絡んでいると知れば——美夏に幻滅されるかもしれない。

休みはどうしてもO市に戻り、美夏と会う時間に費やしてしまう。

だからあえて嘘をつき、この二日で引っ越し先を探すつもりだった、と瞬は苦しそうに釈明する。

「十年も引きずってきた思いにケリをつけるため、誰でもいいから結婚してしまおう、と思ったのが、そもそもの間違いだった」

瞬の話を聞き、美夏はふたりの関係を激変させた原因を思い出す。

「わたしのせい、よね？」

「違う！　そうじゃない！」

「でも、わたしさえあんな誤解で、あなたに恥を掻《か》かせなければ……」

瞬は真剣な顔で首を横に振った。

「そんなことない……感謝してるよ。正直に言えば、俺は自分から告白したことも、口説いたこともないヘタレなんだ。あの誤解がなければ、今でもショップに通い続けているだけだったかもしれない」

「……瞬……」

少し照れたような表情に切なげな笑みを浮かべ、瞬はこちらを見ている。美夏は胸がいっぱいになり、彼の胸に飛び込もうとした。

だがそのとき、

「ふーん、俺よりこの男を選ぶつもりか？　いいぜ、別に。ＢＮＡのパイロットやＣＡに知り合いは大勢いる。結婚式までには、花嫁がパイロットの制服フェチだって知れ渡るだろうな」

そこにいることすら忘れていた武司の言葉に、美夏の足は止まった。

この男なら、本当に言いふらすだろう。

そうなれば嫌な思いをするのは美夏だけでは済まない。ただでさえ、瞬には肩身の狭い思いをさせている。

この上、婚約者である美夏の恥ずかしい性癖まで言いふらされたら……。瞬が同僚たちから笑い者になってしまう。

それに、もし、武司との関係が瞬の両親にまで知られたら？

さすがに、考え直すよう、瞬に迫るだろう。そのときは、家族思いの瞬を苦しめることになってしまう。

悪いことばかりが思い浮かぶ。美夏が伸ばしかけた手を引っ込めてしまいそうになったとき、そんな彼女の手を瞬のほうから摑んだ。

そしてそのまま、自分の腕の中に閉じ込めるように抱き寄せる。

「絶対に別れないぞ！　他の何と引き換えにしても、おまえを選ぶ。俺にはおまえしかいないんだ！」

強く抱きしめられ、これ以上ないくらい情熱的な愛の言葉を聞かされ、美夏は幸せを感じずにはいられない。

だが、そんなふたりの姿に苛ついたのか、武司は汚い言葉で美夏を嘲笑った。

「神谷……おまえ、なんでそこまでこの女にこだわるんだ？　こいつはさ、制服さえ着てりゃ誰でもいいんだぜ。空港のトイレだろうが、駐車場の物陰だろうが、どこでも喜んでセックスする女なんだ。おまえとも、あちこちでやったんだろ？」

瞬に抱きついたまま、美夏の身体は小刻みに震えていた。

（もう、言わないで。瞬にだけは嫌われたくない。お願いだから、もうやめて）

今の幸福を逃したくなくて、スーツの下の白いシャツをギュッと握りしめる。

その直後、瞬の大きな手が美夏の手を包み込んだ。そっと引き剝がされ、離れていく瞬の姿に、一気に不安が込み上げた。

美夏の頰にひと筋に涙が伝い――。

そのときだった。瞬は振り向きざま、壁にもたれかかるように立つ武司の胸倉を摑み、右の拳で殴り飛ばしていた。

武司はコンクリートの床に転がったあと、頰を押さえながらよたよたと立ち上がる。

男同士なら殴り合いになるのかと思ったが、

「こ、こんな暴力をふるって……う、訴えて、やる」

武司は腰を引きつつ、そんな言葉を吐く。

「勝手にしろよ。でもこれ以上、美夏を傷つけるなら……俺にも考えがある」

「お、脅す、のか？」

「いや、ただ、俺にもＪＡＴに友だちのひとりやふたりはいるって話。おまえさ、美夏のために離婚したって言ったよな？　でも本当は……不倫がバレて、嫁さんから離婚されそうになってるだけだろう？」

とたんに、武司の様子がおかしくなった。

武司はすでに離婚したかのように言っていたが、実際はまだ調停中らしい。しかもその原因は不倫。それが元ＣＡである妻の耳に入り、不倫相手も同じ会社のＣＡだったため、妻の怒りに火が点いた。

しかも、ステイを隠れ蓑《みの》に海外まで不倫相手を呼び寄せ、ホテルで同衾《どうきん》していたことまで発覚。ステイ先に妻が乗り込んできて、摑み合いの大ゲンカになったという。

その騒ぎはＪＡＴの管理職の耳に入り、武司は子会社への出向が決まった。

「でも、おまえの浮気相手ってひとりじゃないんだって？　グランドスタッフをはじめとして、何人かの名前を聞いた。全部ばらしてやろうか？　そうなったら、貨物便のパイロットに降格くらいじゃ済まないだろうな」

面の皮の厚い武司だが、さすがに痛いところを突かれたようだ。

「な、なんだよ……。そんな女に固執しやがって。俺は別にそんな女に未練なんかないさ。たまたま、この空港にきただけで……」

「ああ、そうだ。財産分与と養育費、慰謝料で身ぐるみ剝がされそうなんだって？　当座の面倒をみてくれそうな女に、片っ端からあたってるって話も聞いてるんだが」

図星だったのか、武司は真っ赤になった。

「うるさい、うるさい、うるさいっ！　ちくしょう、そんなに俺の使い古しがいいなら、おまえにくれてやるよ！」

負け犬さながらの捨てゼリフを口にして、武司は立ち去ろうとした。

だがその背中に、美夏は最後の言葉をかける。

「待って、福田さん！　わたしにとってあなたは、初めての彼氏だった。でも、それだけだったの。CAになれなかった悔しさを、パイロットの恋人っていう肩書きで埋めてただけなんだと思う――」

だからこそ、武司の制服に惑わされた。

愛されていないとわかっていながら、気づかないフリをして、自分をごまかしてしまうくらいに。

「瞬は……傍にいてくれるだけでいいの。もちろん、パイロットの彼も好きだけど、今みたいな、ちょっとヨレヨレのスーツ姿も好きよ」

「美夏」

瞬の優しい腕が、彼女の身体を横から包み込むように抱いた。

「わたし、瞬に会って初めて知ったの。人を愛するっていうことを……。だから、ごめんなさい」

自分に恋人ができないのは、全部武司のせいだ。彼に振り回されたせいで、美夏は心に深い傷を負った。そう思い続けてきた日々、美夏は被害者だった。

だが武司との関係は、決して一方的なものではなかった。美夏自身も彼の本性から目を逸らし続けた結果なのだ。

すべてを受け入れたとき、美夏は初めて、武司と対等な場所に立っていた。

武司は美夏の言葉を聞いていたが、一度も振り向くことなく、そのまま送迎デッキから姿を消したのだった。

第九章　求愛は蜜の味

瞬が招待状の件を知ったのは、つい昨日のことだ。香港への往復フライトから戻ってすぐ、機長の片瀬に呼び出されて聞かされた。

『君はまだ目にしてないだろうが……』

差し出されたのは、自分の名前が差出人として書かれた結婚式の招待状。

淡いパープルに雪の結晶をちりばめた招待状は、十二月という式の日取りを意識したものだろう。どこからどう眺めても本物にしか見えず、瞬は目が点になった。

『これは……本物、ですよね？　まさか、幸穂さんが式場の予約を？』

片瀬幸穂は三十歳。オーストラリアへの留学経験もあり、現在は英会話スクールの講師をしている。だがそれは、彼女の希望していた仕事ではなかった。

幸穂はＣＡを目指して勉強していた。採用間違いなし、と言われていたらしいが、残念ながら合格しなかったという。

その話を聞いたとき、瞬はとっさに美夏を思い出した。

あとになって思えば……瞬が幸穂との結婚を承諾してもいいと思ったのは、彼女に美夏の影を重ねていたのかもしれない。

しかし、当たり前だが、幸穂は美夏とは全く違う人間だった。

機長の父に、ひとり娘として大切に育てられた彼女は、美人で気立てもよく、何ごとにも積極的な女性だ。だが、ほんの数回のデートで、彼女のプライドの高さに瞬は付き合いきれないものを感じ始めていた。

彼女はあらゆるものに一流を求め、フライトの直後に会うときですら予約制のレストランを望む。ラーメン屋やファミリーレストランに連れて行こうとしたら本気で怒り、タクシーに乗って帰ってしまったくらいだ。

幸穂がひと目で気に入ったのは、瞬の肩書きと容姿であって、中身は一切見てくれてはいなかった。

これが美夏なら、どうだろうか。

初めて会ったあの夏の日、ただの地味な学生にすぎなかった瞬のために、彼女は降りしきる雨の中、ずっと傘を差しかけてくれた。そんな彼女に瞬が口にしたことは『ありがとう』のひと言だけ。

美夏の通う短大がわかり、名前がわかり……漏れ聞こえてきた情報では、彼女がいかに親思いで、妹にも優しい女性か、ということだった。

そして例の合コンのあとは——恋人にも誠実で尽くすタイプらしい、という評判まで耳に入ってきて……。

美夏の〝恋人〟が自分ではないことに、瞬はどれほど悔しい思いをしたことか。

彼女なら、〝恋人〟を自分の理想の男に作りかえよう、などとは思わないはずだ。それは幸穂に限ったことではなく、これまで女性と付き合うたびに、瞬はその相手と美夏を比べてきた。

比べるべきではない、とわかっていた。

なんといっても、美夏とは特別な付き合いがあったわけではない。瞬が一方的に、女性に対する憧れや理想像を描いてきただけだ。

だが〇空港で美夏と再会し、少しずつ彼女のことを知るようになって、やはり、美夏だけが瞬の心を動かす女性だと痛感した。

瞬が婚約を白紙に戻したいと考えていたことを、幸穂も感じ取っていたに違いない。

幸穂が発送したという招待状には、瞬と幸穂の名前だけでなく、結婚式を行う日時はもちろんのこと、港区にあるゲストハウスの名前まで書いてあった。

もしこれが本物なら、幸穂は式場の予約までしてしまったことになる。だが、プライドの高い幸穂が、そんな真似をするとは思えなかった。

案の定、片瀬は首を左右に振った。

『いや、招待状だけ刷らせたらしい。私の名簿を持ち出して、ＢＮＡの関係者に送ったようだ。君の評判を落とすつもりだったらしいが……』

ようするに、嫌がらせ、だ。

瞬はため息をついたが、それは片瀬も同じだった。

『とりあえず、私から全員に連絡を取って、手違いで送られたものなので破棄してくれるよう頼んだ。式場側にも、勝手に名前を使ったお詫《わ》びをして、決して悪意ではないことを説明しておいた』

片瀬は苦虫を嚙《か》み潰したような表情だ。

夏にＯ空港のロビーで瞬をめぐるトラブルが発生したとき、片瀬は内々に処理してくれた。自分の娘があれこれと取りざたされるのが嫌だったらしい。

だが幸穂は、自分の体面を守ることを優先した。

『あなたのことは見損ないました。遊び相手を妊娠させて、それを空港で暴露されたのですって？　あなたと結婚していたら、恥を掻《か》いていたところでした。婚約前にわかってよかったわ。でも、あなた、パイロットにふさわしい品格ではありませんわね』

彼女はわざわざ空港までやってきて、多くの人間の前で、〝幸穂から〟破談にしたと見せつけた。

瞬は、幸穂のプライドを守ることで、片瀬の顔を潰さずに終わらせることができるなら、何を言われても沈黙を貫いた。

それで幸穂も満足したと思っていたのだが、彼女の思惑は違った。

自分がそれ以上のことをしなくても、父親が瞬に制裁を加えるだろう、と。あるいは、マンションの件で、瞬のほうから泣きついてくると考えていたようだ。

だが瞬と片瀬の関係は、友好的とは言いがたいが表面上は落ちついていた。

一緒のフライトも多く、いつまでも引きずっていては仕事にも影響が出てくる。機長とはいえ、片瀬にしてもごく普通の勤め人だ。私生活でのトラブルが露見すると、会社内での評価が下がる。なかったことにしてしまいたいのはお互い様だった。

その上で、瞬は美夏との経緯を正直に告白して、今回の件で慰謝料が必要なら、できる限りの金額を支払いたいと申し入れた。

しかし、片瀬は『正式に婚約していたわけではない』と言って断った。

その点も、幸穂にすれば不満だったらしい。

『この件で、君にも嫌な思いをさせるかもしれない。だがすべて〝手違い〟で通してもらえないか？　上には私のほうから話しておく』

どんな手違いで婚約前に破談になったカップルの、結婚式の招待状が送られることになるというのだろう。説明を求められたら瞬にも答えようがない。

とにかく、瞬以外の人間から美夏の耳に入る前に、きちんと話しておこうと思った矢先のことだった。

後輩のコーパイから携帯に連絡が入り――。

『今日のフライトO空港だったんですけど。神谷さんの恋人さんとCAの木戸さんたちが、なんかやばそうでした。あとからCAの子に聞いたんですが、神谷さんが彼女に飽きたんじゃないかって。休暇なのに仕事だって嘘《うそ》をついてたみたいだから、別れるのも時間の問題……そんなことを言ってましたけど。……大丈夫ですか？』

それは全然、大丈夫じゃないだろう。

今日中に新居を探し、明日には業者に丸投げして済ませる予定だった引っ越しをキャンセルし、瞬はO市に飛んできたのだった。

＊＊＊

O空港から車で五分。そこは空港から一番近い温泉スパ付き宿泊施設だ。

以前から、自宅に帰らず過ごしたいときに瞬がよく利用する場所だった。ずっとひとりで利用していたが、美夏と付き合うようになってからはひとりで泊まったことはない。

施設には本館に通常のシングルルームとダブルルーム、和室と用意されているが、瞬のお気に入りは別棟になる独立性の高いコテージのほうだった。

「いつもご利用ありがとうございます」

飛び込みだったが顔馴染《かおなじ》みの支配人がカウンターで待っていてくれた。

コテージが数棟並んでおり、その中の一棟に案内される。外観は全部似ているが、内装はそれぞれのテーマに合わせて変えてあるという。

すべてを利用したわけではないが、今夜案内されたのは、黒やブラウンを基調とした、しっとりと落ちついた色合いの家具で纏《まと》められた部屋だった。

「急なことでしたので、いつもの部屋がご用意できませんで……申し訳ございません」

スイートタイプの一番大きなコテージでよろしければ……ほんの十五分前、瞬が電話で空室を確認したときにそう言われた。

一番大きいというだけあり、洋室だけでなく和室までついた立派な部屋だ。最高八人まで泊まれるらしい。

「いや、充分です。無理を言ってこちらこそ申し訳ありません」

瞬は通常モードの笑顔で応対して、支配人がコテージから出て行くのを見送る。

ふたりきりになった瞬間、美夏の腕を摑《つか》み引き寄せた。

我慢できずに唇を重ね、そのままベッドに押し倒そうとする。セミダブルのベッドが二台並べて置いてあり、キングサイズ並みの広さだった。

「ま……って……瞬、ちょっと、お願い」

「何を待つんだ？　招待状の件は説明しただろう？」

瞬は美夏のスカートの中に手を押し込もうとする。

「でもっ！　彼女はあなたのこと……それほどまでに、愛していたのかもしれないでしょう？」

美夏の言葉に瞬は少しだけ身体を起こした。

「違うんだって。彼女は俺なんか愛してない」

「でも……彼女があなたのことを好きになって、だから結婚の話が……」

瞬は前髪を掻き上げながら、ベッドの上に座り込む。

「彼女もＣＡの採用試験に落ちてるんだ」

「え？　それとどういう……」

「父親から最年少で機長に昇格しそうな男がいるって聞いたらしい。今年の新年会の席で挨拶されて、それから、たびたび俺の前に姿を見せるようになった。彼女の大学時代の女友だちは、ほとんどが航空会社に勤務してるんだ。その中のひとりが、最近パイロットと結婚した。……そこまで言えばわかるだろう？」

美夏も身体を起こすと、目を伏せて悲しそうな顔をした。

幸穂は父親の勤めるＢＮＡなら採用間違いなし、と思っていた節がある。もちろん、学校の成績もよかったというし、容姿もパッと人目を惹《ひ》くほど華やかだ。

それだけに、不採用になったことがいまだに納得できないらしい。グランドスタッフに推薦したいと声をかけられたそうだが、屈辱的なので断ったと言っていた。

「最初から、彼女が俺との結婚を望む気持ちは、愛情からじゃないんだろうな、と。でも、俺にとってもそのほうが楽だった。恋愛の火種みたいなものが、完全に消えてたから……。機長になれるなら、それでいいかって」

「でも……あの……夜は？」

美夏はまるで十代の少女のように頬を染め、幸穂とのセックスを尋ねる。

そんな彼女を見ていると、どうしても悪戯心が浮かんできてしまい……。

「ああ、それはちょっと惜しかったかもなぁ。でも、おまえがいろいろしてくれるならかまわないよ」

「い、いろいろって、あの……？」

「だから、イロイロ、だ。ああ、そういえば、あの野郎は粗末なモノしか持ってなかったんだよなぁ」

瞬は思わせぶりに言いながら、視線を自身の股間に向ける。それだけで瞬が何を求めているか、美夏も察したらしい。

彼女は控えめに手を伸ばし、瞬のズボンのベルトを外し始めた。

「今日は制服じゃないから燃えないか？」

「そんなこと……ないもの」

少し口を尖《とが》らせると、彼女は瞬のボクサーパンツを下ろして、幾分柔らかさの残ったペニスを両手で包み込んだ。

付き合い始めてから、何度となく繰り返している。それなのに、いまだに慣れない様子で顔を寄せ、遠慮がちに口に含む。その温かくて柔らかな感触に、瞬は声を上げそうになり……大きく息を吐いた。

軽く吸われて、あっという間に彼の欲望は雄身に充填されていく。

雄々しく張り詰めたソレを、美夏は必死に頬張っている。それは瞬にとって、とくに好きな行為というわけではなかった。だが、美夏を言いなりにする、というだけで征服欲が満たされるのは事実だ。

「ああ、だいぶ上手くなったな……」

口からこぼれる吐息とともに、瞬は正直な感想を口にする。

だが愛撫《あいぶ》を続けながら、美夏はポロポロと涙を流し始めたのだ。

「お、おい、美夏、どうしたんだ⁉」

「……片瀬さんより？」

「は？　おまえ、何を言って……」

美夏の瞳に浮かんだ嫉妬の色に気づき、瞬は我に返った。

理性を保とうと思っていても、男の躰《からだ》は簡単に官能に引きずられてしまう。口淫により張り詰めた欲望を必死で抑え込み、瞬は美夏の頬を撫でる。

「もういい。ほら、おいで」

「やっぱり片瀬さんより下手なのね。でも、もっと上手になるから。あなたに好きでいてもらえるように頑張るから。だから、嫌いにだけはならないで」

むきになる美夏が可愛らしくてついつい苛めてしまうが、本気で泣かせてしまうのは本意ではなかった。

抱き上げるようにキスして、そのまま唇で涙を拭う。

「ごめん、嘘なんだ。幸穂さんを抱いたことはないし、キスもしてない」

「う、嘘っ」

「今さら嘘は言わない」

「じゃ……CAの木戸さんとは？」

木戸の名前が出た瞬間、ドキッとした。

おそらく、木戸自身が美夏に何か言ったのだろう。一瞬、嘘をつくことを考え、すぐに気持ちをあらためる。

「——木戸とは同期入社なんだ。地上業務の実習をしてたころに親しくなって、三ヶ月ほどで別れた。そのあとの二年半はアメリカと東京を行ったり来たりだったし……。他にも何人かの女性と付き合ったことはある。全部聞きたいか？」

瞬の言葉に美夏は首を横に振った。

「俺が信じられない？」

「違うの……わたしが自分のことを信じられないの。福田さんのことだから、嫌がらせでわたしとのことを、あなたの知り合いに言ってるかもしれない。そんな女と結婚したら、あなたが恥を掻くんじゃないかって。いつかあなたにも見放される気がして、愛され続ける自信がないの」

瞬は美夏のジャケットを剝ぎ取り、オフホワイトのインナーを強引に脱がせた。

ブラジャーも取り去り、白桃のように瑞々《みずみず》しい乳房に唇を押し当てる。甘い香りに気が遠くなるほどの快感を覚え……美夏の愛撫にほぼ勃ち上がっていた屹立《きつりつ》は、痛みを感じるほどに強張《こわば》った。

ゆっくりと舌を這《は》わせたあと、完熟の桃にかぶりつくように強く吸い上げる。

「あん……やぁん、そんな強く吸ったらダメェ……お願い、もっと優しくして……」

「おまえの胸が甘過ぎて、食べ尽くしたくなる」

「わたしで……いいの？」

涙に濡《ぬ》れたまつ毛がエロティックに見えてくる。今すぐ食べて欲しいと言わんばかりのトロンとした瞳で見下ろされ、正気を保てと言うほうが無茶だ。

瞬は美夏の乳房をゆっくりと揉《も》みしだきながら、

「おまえでないと、俺はもう欲情しない。送迎デッキで福田と一緒にいるおまえを見たとき、奴を殺したくなった。知れば知るほど、おまえを好きになる。止められないんだ。美夏、どうか一生、俺の傍にいてくれ。おまえを見失ったら、俺は墜落しそうだ」

片手でスカートを脱がせながら、壊れ物を抱くように抱きしめ、ふたたび口づけた。

美夏の唇は彼を受け入れ、より深いキスをねだるように舌先で誘惑する。

「わたしも、好きよ。瞬が好きなの……マンションなんてどこでもいい。もし、わたしを選んだせいで会社をクビになったら……お詫びにどんなことでもするわ」

「どんなことでも？」

「ええ……あなたが望むことなら。愛してもらえるなら、なんでも」

美夏は恐ろしいほど瞬の心を掻き乱し、性欲を煽《あお》り立てる。彼は間違っても、ところかまわず女に飛びかかるような男ではない。

いや……なかった。

だが美夏と抱き合うようになり、愛と欲望の底なし沼にどっぷり嵌《は》まってしまった。

(でも……愛とセックスはワンセットでいいんじゃないか？　だったら、美夏に欲情して何が悪いんだ)

美夏に向かう急き立てられるような思いを正当化したあと、瞬は彼女のショーツを脱がせながらささやいた。

「嬉《うれ》しいよ、美夏。じゃあ、全裸でテラス窓に手をついて、脚を開いて立つんだ」

「だったら、部屋の灯りを消して……お願い」

「どうして？」

「外は真っ暗だもの……部屋の中が明るかったら、見えてしまうわ」

身を捩《よじ》って窓のほうに視線を向ける美夏に、

「灯りは消したくない。〝どんなことでも〟〝なんでも〟するんだろう？　さあ、俺の望むことをしてくれ」

羞恥に染まる白い肌をみつめ、瞬の心は悦びに沸き立った。

＊＊＊

レースのカーテンが吊《つる》された窓際に近づく。空港の灯りがチラチラと見え、美夏は恥ずかしくて堪らなくなる。

そのとき、シャッと音がしてレースのカーテンが開かれた。

美夏がこのコテージに泊まったのは四回目だ。これまでの三回は同じ部屋で、ここよりもう少し小さく、テラスの外にはウッドデッキがあった。

初めて連れてこられたときはそのウッドデッキで愛された。他の宿泊客に声を聞かれるのではないか、覗《のぞ》かれるのではないかという羞恥心に、彼女の躰はウッドデッキに置かれたチェアまで濡らしてしまったことを覚えている。

この部屋もテラス窓に面してウッドデッキが設置されていた。

中庭はこれまでの部屋より少し広いように感じる。気になるのは、柵の向こうに見える数本の立木と、すぐ近くを通っている道路の存在。

時計は夜の八時を指している。部屋の中が明るいとレースのカーテン越しでも見えてしまうのに、窓ガラスだけだと丸見えだった。

「やだ、もう！　瞬、カーテンを開けないで！」

「大丈夫だって。O市内とは逆の方向に向かう道路だ。平日の夜だし、誰も通らないさ」

「でも、もし通ったら……」

「それ以上言うなら、外のウッドデッキで愛し合ってもいいんだぞ。山の中だし、夜はだいぶ寒くなったからと、気を遣ったつもりなんだが……さあ、どうする？」

これ以上言うと、背後に立った瞬が本当にテラス窓を開けてしまいそうだ。

美夏が口を閉じた瞬間、背中の中心を指先でツツーッとなぞられた。全身がピクンと痙《けい》攣《れん》して、息が上がってくる。

彼は膝で美夏の内股を割り、左右に開かせたのだ。

長く逞《たくま》しい指が美夏の背中を撫でたあと、どんどん下に向かった。尾てい骨の辺りをクルクルと撫でられ、ヒップの谷間をなぞりながら、強引に開かされた割れ目に滑り込む。

少しずつ瞬の呼吸も荒くなってきて、美夏は太ももを閉じたい衝動に駆られた。

「やぁ……こんなところじゃ、ダメだから……。あっ……待って、やだ指、を……中に入れたら……っ！」

いつの間にか美夏はテラス窓のガラスにもたれかかっていた。

ガラスに手と顔を押し当て、瞬に向かってお尻を突き出す格好だ。ガラスに触れた部分がひんやりしていて心地よい。

(こんなところで、ダメなのに……でも、ウッドデッキで愛し合ったときも、とっても気持ちよかった)

チェアに座って脚を開かされたときのことを思い出したとたん、躰の奥が甘く痺《しび》れた。

指の這う場所からクチュクチュとヌメった部分を掻き回す音が聞こえ、それはしだいにジュプジュプといった蜜窟を弄る音に代わっていく。

「凄い……中からどんどん溢《あふ》れてくる。そんなに、俺の指が気持ちいい？」

蜂蜜を溶かしたような甘い声が、耳から滑り込んでくる。それでいて、体内に瞬の男らしい指を感じ、彼女の躰は抑えようもなく反応してしまう。

「あ……あ……やっ、も……ダメ、達《い》っちゃう!!」

瞬の手に大事な場所を押しつけるようにヒップを突き出し、指の動きに合わせて腰を揺する。

美夏は肢体を悩ましげに痙攣させながら、快楽に身を委ねた。

彼女が肩で息をしていると、

「ダメって言いながらひとりで達くなんて。美夏は、俺にいやらしいことをされるのが大好きなんだよなぁ」

「違……う、もの。そうじゃな……くてぇ……ひゃうっ！　待って、ここじゃ、ぁあ……」

秘所の入り口に熱い塊を感じた瞬間――ソレは体内に潜り込んでいた。

内襞を擦られ、立ったまま背後から奥を突かれる。

「ああ、遠くにライトが見える。車かな？　ひょっとして目の前を通るんだろうか？　もし、横を向いたら……全部見られてしまうかも」

目を開けてちゃんと確認しようと思うのに、瞬にこれまで以上の激しさで責め立てられ、とてもまともな考えなど浮かばない。

「やだ、やめて、見られるのは……あ、あぁ……ふ……ゃあん……や、やぁ、やぁーっ！」

「見られたくない、なんて言いながら、中はヒクヒクしてるぞ。痛いくらい、締めつけてくる。ほら、ココが気持ちいいんだろう？」

美夏の感じる場所をコッコツと突いてくる。

口を開いたら喘《あえ》いでしまいそうで、美夏は必死で首を横に振った。

「なんで気持ちいいって言わないんだ？　俺は……淫らなおまえも好きだよ」

もう、降参だった。

「す、好き……わたしも、好きぃ……もっと、突いて……そこ、気持ち……いい、あ……やだ、また、達っちゃうからぁーっ！」

美夏の意識が飛びそうになったとき、躰の奥で瞬の熱も弾け飛んだ。

打ち震える瞬の分身が愛しくて……彼から放出される愛情を一滴残らず受け止めたくて、美夏は下腹部にグッと力を入れる。

やがて情熱の籠もった杭《くい》が抜かれた。

コポッと音がして、白濁の液体が内股を伝う。

美夏がそちらに気を取られていると、瞬はガラス窓についたままの彼女の手を、力いっぱい握りしめてきた。

不思議に思ったが、それでも手を握られるのは嬉しくて……。

美夏が握り返そうとしたとき——左手がガラスに当たり、コツンと音がした。

「え……あの？」

瞬が手をずらすと、美夏の左手薬指にダイヤモンドが光っている。

「遅くなって悪い。マンションを処分して、いくら回せるかわからなかったから、今はこれで我慢してくれ。機長になったら、もっと大きな石を贈るから」

美夏は胸が熱くなって、涙が止まらない。

本当はずっと気になっていた。でも、自分からねだる勇気などなく……。

石の種類も大きさも関係ない。永遠の愛の証しとして、瞬が選んでくれたエンゲージリングが欲しかった。

「瞬……瞬、愛してる」

裸のままということも忘れ、美夏は瞬に飛びついた。

「あ、また車が……」

「え？　あっ、きゃっ⁉」

慌てて身体を隠そうとする美夏を、瞬は引き止め、抱きしめた。

「嘘だよ。さっきの車も、手前で曲がって本館のほうに行ったから……心配するな」

――おまえの裸は誰にも見せる気はないから、そんな言葉を聞きながら、美夏は彼の腕の中で目を閉じた。

エピローグ

その年の十二月――。

商店街にはクリスマスソングが流れ、住宅街までもイルミネーションの煌《きら》めきで覆われる時期に、ふたりはO市内の教会で結婚式を挙げた。

招いたのは、お互いの家族と本当に親しい友人たちだけ。

入籍はひと月以上前に済ませてある。この日の結婚式は、ふたりが夫婦として歩き出すためのケジメの儀式だった。

「結婚おめでとう、カミヤミカさん」

「祥子！　だからフルネームでは呼ばないでって言ってるじゃない！」

漢字でイメージしたときは全然気づかなかったのだが……あらためて名前を呼ばれると、あまりに見事な回文になっていて、美夏は唖然《あぜん》とした。

瞬に言っても笑うだけで相手にしてくれない。それは両親や妹の小春も同じだった。

『日常生活に不都合が生じるほどの名前ってわけじゃないし。それとも、お姉ちゃん……

名前が気に入らないからって、瞬さんとの結婚やめる気？』

真顔で返されては、あきらめるよりほかない。それに、瞬との結婚を取りやめにするほどの不満でもなかった。

「でも、思ったとおり早くなったわね」

祥子は黒いセクシーなパーティドレスに身を包み、可笑しそうに言う。

「そ、それは……」

「まあまあ、いいじゃない。どうせ、前倒しは予定どおりなんでしょう？」

あっさりと言われ、美夏は赤面して閉口する。

そのとき、シルバーのフロックコート姿の瞬が、ストラップレスのウエディングドレスを着た美夏の肩を抱き寄せた。

「ええ、そうですよ。予定どおりです。この私が着陸進入《ランディングアプローチ》のコースを読み違えるわけがないでしょう？」

瞬は自信たっぷりに答える。

「あら？　それって空港じゃなくて、ベッドの上でやる情熱的なアプローチのこと？」

「そんなところです」

オトナの会話に美夏は耳まで赤くしながら、愛しそうにお腹をさすった。

周囲からは、やっぱりそういうことか、という声も上がったが……。瞬は飛び上がるくらい喜んでくれた。

美夏も愛する人の子供が授かり、嬉《うれ》しくてならない。

祥子が小春と話し始めると、瞬はふいに美夏の耳元に口を寄せ、ささやいたのだ。

「着陸同様、おまえへの〝侵入〟は空港でもやらせてもらったけどな」

「しゅ……瞬⁉」

美夏の裏返った声に、瞬の笑い声が重なり——ふたりの唇も重なった。

番外編・幸福のおすそわけ

「それでは、皆様。新郎新婦を盛大な拍手でお迎えください」

司会者の声に、披露宴会場から割れんばかりの拍手が上がった。

そこは千代田区にある、一流ホテルの披露宴会場。新婦の希望は、港区にあるゲストハウスだったらしいが、さすがに結婚を決めてから三ヶ月足らずでは、空きが出なかったのだろう。

新婦は背が高く、メリハリのあるスタイルのせいか、ゴージャスなマーメイドラインのウエディングドレスがよく似合っている。

彼女の頭には、レンタル料だけで五十万円は超えるといわれる、有名なジュエリーブランドのティアラが煌《きら》めいていた。

並みの新郎では迫力負けしてしまいそうだが……。

「さすが花婿さんはアメリカンなだけあるわ。ガタイのよさじゃ、ニッポン男子が頑張っても敵わないわよねぇ」

「金髪のイケメンパイロットなんて、幸穂もよく見つけたもんだわ」

そんな声が、後方の〝新婦のお友だち席〟から聞こえてくた。

聞く気はないのだが、ついつい美夏の耳にも入ってしまい……。

すると、同じように聞こえてしまったのだろう。円形テーブルの隣に座っている瞬が身を乗り出して、そっとささやいた。

「サイズじゃ敵わないだろうけど、回数じゃ負けない」

「瞬っ！　ちょっと、なんの話を……こっ、こんなところで」

美夏は周りを気にしながら、真っ赤になって口ごもる。

ところが瞬は平然として言い放ったのだ。

「新郎はトリプルセブンのパイロットだからな。俺の七六七より機体は大きいんだ。でも二十代だから、飛行時間は俺のほうが多いはず……ん？　俺の奥さんは何を想像したのかな？」

「……‼」

やられた、と思った。

瞬はエッチな話をしているように思わせて、ちゃんと言い訳を用意している。今度こそ、引っかからないようにしようと思うのだが……。

巧妙なので、からかわれてばかりの美夏だった。


二時間後、披露宴が終わり、会場出口で美夏は初めて幸穂と話をした。

幸穂は瞬と結婚前提で交際していた女性だ。正式な婚約者ではなかったとはいえ、美夏が妊娠を盾に彼女から瞬を奪い取った――という形になっているため、ちょっと身構えてしまう。

昨年十一月、美夏の妊娠がわかり、瞬はすぐさま入籍した。その一ヶ月後、O市の教会でふたりは結婚式を挙げ、新年から都内で新婚生活をスタートさせている。

そして三月末、ふたりは揃《そろ》って幸穂の結婚式に招かれた。

幸穂はBNAの社員ではない。幸穂の父と瞬が同僚というだけの関係で、昨年の騒動もあり、普通なら招かれることはないだろう。

それを、わざわざ招待した、ということは……。

「ご結婚おめでとうございます。本日はご招待いただき、どうもありがとうございました」

「まあ、神谷さん！　招待に応じてくださって嬉《うれ》しいわ！　そちらが例の奥様ね。あら、まだあまりお腹は目立たないのねぇ」

瞬は黒に近いダークグレーのスーツと、淡い色合いのストライプ柄のネクタイで出席した。美夏のほうはハイウエストの紺色のワンピースだ。

現在妊娠五ヶ月なので腹部はふっくらとし始めている。だが今のところ、マタニティ専用を着るほどでもなかった。

だが三月末という季節柄、冷えないように腹帯を巻き、しっかりとタイツを穿《は》いてきている。靴はもちろんローヒールだ。

幸穂はそんな美夏のことを、上から下まで値踏みするような視線で見ている。

「は、はじめまして。このたびは、ご結婚おめでとうございます」

「どうもありがとう！　結婚後はロスで暮らすことになると思うの。だから、一度あなたに会っておきたくて」

言うなり、幸穂は美夏の手を握ってきた。

「もう少しで、妥協して結婚を決めるところだったわ。それに気づいたのは、あなたのおかげよ。神谷さんのことは……私にはピンとこなかったんだけど、あなたは妊娠してまで引き止めたかったんですもの。幸せになってね」

満面の笑みを浮かべて言われては、美夏も笑顔で返すしかない。

「……はい」

ただ、それ以上はどうにも言葉が出てこない。

そのとき、隣に立つ瞬が、さっと美夏の肩を抱き寄せた。

「幸穂さんのおっしゃるとおりです。私のような地味な男より、空軍出身で優秀なパイロットである彼のほうがあなたにふさわしい。どうぞ、お幸せに」

そう答えた瞬も、幸穂に負けないくらいの笑顔だった。

「疲れただろう、美夏。どこか具合の悪いところはないか？」

披露宴も無事に終わり、二次会に行かないふたりは、ロビーラウンジのソファに腰を下ろして休憩中だった。

瞬は何よりも、真っ先に美夏の身体を気遣ってくれる。

今日の結婚式は、幸穂の父、片瀬の頼みで仕方なく出席を決めたらしい。それもひとりで出席する予定が、幸穂から美夏に直接連絡がきて、『奥様もぜひ』と言われたのだ。

「わたしは大丈夫。つわりは治まったし、安定期に入ってるんだから心配しないで」

「だったらいいが……」

そう言ったあと、瞬はネクタイを緩めながら、美夏の隣にどさっと座り込んだ。

「青い目のイケメンパイロットか……よっぽど、あの花婿が自慢なんだろうな。とくに美夏——やたら豪華な式を挙げて、おまえを羨ましがらせたかったんだろう」

美夏にすれば、豪華な式もイケメンパイロットも、とくに羨ましいとは思えない。

だが、男心はちょっと複雑なようだ。

「俺は体面を気にするタイプじゃないから、誰に何を言われても平気だった。でも、おまえに嫌な思いをさせてるんじゃないか、と思うと……」

どうやら、今になってデキ婚になってしまったことを悔やんでいるようだ。彼自身ではなく、美夏がいろいろ言われるたびに、避妊をおざなりにしたことを反省しているらしい。

「このほうが、おまえと確実に結婚できると思ったし、子供も欲しかったし……。でも、下種《げす》の勘繰りで傷つくのはおまえなんだよな……悪い」

その殊勝な顔を見ていると、美夏は思わず吹き出してしまった。

「やだ、もう、瞬ったら。大丈夫だって言ってるじゃない。わたしは、幸穂さんの嬉しそうな顔を見てホッとしたんだから」

美夏は自分が幸せ過ぎて、幸穂に申し訳ない気持ちでいっぱいだった。

彼女の瞬に対する執着が恋じゃなくても、結婚の予定が白紙に戻るのはダメージが大きい。しかも彼女は美夏より年上だ。できれば一日でも早く、吉報が届きますように、と願っていた。

瞬の言うとおり、ナチュラルに人を見下す言葉を口にすることには驚いたが……。

今回、彼女の理想どおりのパイロットと出会えて、速攻で結婚まで進んだのだから、瞬との婚約が白紙に戻ったことも運命だったのだろう。

そして、幸穂の幸せを心から願えるのは、やはり、美夏自身が幸せなせいだろう。

「今のわたしは、そうねぇ……如来《にょらい》様や菩薩《ぼさつ》様の心境かな？」

美夏の返事に、瞬はきょとんとした顔をしている。

「人にどう見られるかって気にしていたころが馬鹿みたい。瞬の奥さんって言われて、ビーグッズに囲まれてたら、すっごく幸せなの。だから、幸せそうな幸穂さんを見ることができて、結婚式に出席してよかったって思ってる。お料理も美味しかったし、ね」

ニコニコしながら話す美夏に、瞬も安堵《あんど》したようだ。

「キャプテンへの昇格が遅そうな、地味な俺でも？」

「ずーっとコーパイでも好きよ。だって、わたしの中では瞬が一番のイケメンパイロットだもの。ねー、パパが一番だよねー」

美夏がお腹に手を当て、赤ちゃんに話しかけると、彼女の手の上に、瞬が大きな手を重ねてきた。

「じゃあ、今夜は三人でスイートルームに泊まるとするか」

そんなことを言いながら、スーツの内ポケットから客室キーを取り出す。

用意周到なことに、最初から泊まるつもりで予約を入れていたらしい。スイートルームなんて贅沢《ぜいたく》かな、と思ったが……。

（せっかく、瞬が気を利かせてくれたんだものね）

美夏は瞬の手の上に、さらに自分の手を重ねて、彼の耳元でそっとささやいた。

「一緒にお風呂に入ってくれる？」

「んー、俺のジェット機がおとなしくしててくれるかな……」

本気で悩んでいそうな瞬に、美夏はこそっと伝える。

「安定期に入ったから……浅く、優しく、ね。前みたいに、突き上げたりしちゃダメなんだから」

瞬の表情がパッと明るくなり、敬礼しながら「ラジャー！」と答えた。

「トリプルセブンにも負けないってところは、この子が生まれてから証明することにしよう！」

真顔で答える瞬を見て、笑いが止まらない美夏だった――。

あとがき

蜜夢文庫ファンの皆様、こんにちは！　一年ぶりの御堂志生です。

このたび、らぶドロップス作品『償いは蜜の味』を、蜜夢文庫様のラインナップに加えていただくことになりました。

本作は四年前の夏、フェチがテーマのアンソロジー用に書き下ろした作品。どんなフェチでもいいです、と言われ、私が選んだのはもちろん（？）――制服。前作の『年下王子に甘い服従』のあとがきにも「制服大好き」と書いたくらいの私ですから（笑）。

ヒストリカルだと王子様や王様が多いので軍服オンリーになってしまうんですが、現代物だと職種は選び放題。その中でも大好きなパイロットを選びました。

電子版は『償いは蜜の味』と続編『愛の誓いは甘く激しく』がありまして、今回、その二作品を一冊に纏《まと》めてあります。アンソロジーでは文字数が決まっていたため、あちこちカットしたり、サラッと流してしまったり、そういったシーンをタップリ加筆しました。

ホットなシーンはさらに濃厚に、パワーアップしております！

ちなみにヒーローの瞬ですが、私には珍しくS系。でも、S系ヒーローと制服フェチヒロインなんて……ええ、普通のエッチシーンで終わるわけがない（苦笑）。

イラストは、初めてお世話になります、小島ちな先生です。コックピットの瞬を描いていただけて感激しました。あと、テレフォンエッチのシーン！　イラストを見ているだけでドキドキしてしまいます。小島先生、どうもありがとうございました。

それと、この作品が私にとって三十冊目の書籍になりました。二〇一二年の五月にデビューして四年あまりでこんなにたくさんの書籍を出版していただくことができ、本当に感謝しております。そういえば、本作を担当してくださった編集のK様には、デビュー作品でもお世話になりました。ありがとうございます。少しは成長してたらいいなぁ。

いつも応援してくださるファンの皆様、メールやブログで励ましのメッセージをくださるお友だち（と私が思っている）作家の皆様、それから、ずっと変わらずに見守ってくれる家族に――ありがとうの言葉を。

そしてこの本を手に取って下さった〝あなた〟に、心からの感謝を込めて。

またどこかでお目に掛かれますように――。

二〇一六年八月

御堂志生

本書は、電子書籍レーベル「らぶドロップス」より発売された電子書籍を元に、加筆・修正したものです。

償いは蜜の味
S系パイロットの淫らなおしおき

２０１６年９月２８日　初版第一刷発行

著……………………………………………………………… 御堂志生
画……………………………………………………………… 小島ちな
編集………………………………………… パブリッシングリンク
ブックデザイン………………… 百足屋ユウコ＋カナイアヤコ
（ムシカゴグラフィクス）
本文ＤＴＰ…………………………………………………… ＩＤＲ

発行人…………………………………………………… 後藤明信
発行…………………………………………… 株式会社竹書房
〒102－0072　東京都千代田区飯田橋２－７－３
電話　03－3264－1576（代表）
03－3234－6208（編集）
http://www.takeshobo.co.jp
印刷・製本…………………………… 中央精版印刷株式会社

ISBN978-4-8019-0858-1　C0193
Printed in JAPAN